主编　凌翔　　　　　　　　　　　　当代作家精品·散文卷

十字路口的歌声

周宏　著

北京燕山出版社

图书在版编目（CIP）数据

十字路口的歌声 / 周宏著 . — 北京 : 北京燕山出
版社 , 2024.1

ISBN 978-7-5402-7036-0

Ⅰ . ①十… Ⅱ . ①周… Ⅲ . ①散文集—中国—当代
Ⅳ . ① I267

中国国家版本馆 CIP 数据核字（2023）第 162820 号

十字路口的歌声
SHIZILUKOU DE GESHENG

著　　者：周　宏
责任编辑：杨春光
封面设计：邓小林
出版发行：北京燕山出版社有限公司
社　　址：北京市西城区琉璃厂西街 20 号
邮　　编：100052
电话传真：86-10-65240430（总编室）
印　　刷：三河市中晟雅豪印务有限公司
开　　本：710mm×1000mm　　1/16
字　　数：200 千字
印　　张：13
版　　次：2024 年 1 月第 1 版
印　　次：2024 年 1 月第 1 次印刷
ISBN 978-7-5402-7036-0
定　　价：59.80 元

用真情收藏亲历时光

——周宏散文集《十字路口的歌声》序

吴光辉

　　周宏先生的散文集《十字路口的歌声》收集了三十余篇力作，是对他近期散文创作成果的一次集中展示，读后觉得他的散文创作又向前迈进了一大步，使我联想起我国古今某些散文作品中的"伪真情"现象，周宏先生的这部散文集恰好就是针对这个现象给出的一个最好反证。

　　笔者认为，散文是否能真正地打动读者，关键在于能否把"小我"与"大我"结合起来，作品既要有"大我"的情感，又要有"小我"的情感，做到大中有小，小中有大，这样的作品才具感染力。然而，在古今某些散文中，只写大情感，不写小情感，使大情感过于膨胀，令小情感过分萎缩，结果只能使散文说大话、讲空话，这也就表现出"轻体验、重炫耀"的文体特征，结果形成了散文的"伪真情"，即看上去像是写自己的真情实感，实质上却是披上了伪装的外衣。

令人欣喜的是，读了周宏先生的这部散文集之后，让我感到他的散文集足以佐证何为"真情散文"，其作品与"轻体验、重炫耀"恰好相反，注重日常审美，注重亲历体验，注重平实表达。

一、坚守日常审美是其散文的选材标准

在现实生活中，审美已经影响了社会生活方方面面。周宏先生则是在自己的散文创作中，将这种对日常生活的审美，运用到散文创作时的选材上面，对于个人日常生活的各个方面素材，在自己审美观的指导下，对其进行艺术的筛选，使之成为自己散文创作的有用材料。

《岁月静　风景正好》是全书的开篇之作，估计也是作者最为得意之作。全文便是通过这种日常审美，选择那些众多日常所见，甚至被人忽略的风景，营造起耸立于作者心灵上的小城之美。因此，他感到"别样的亲切，心里涌出一阵欢欣。"那些众多的日常生活素材，是在作者的审美观的指导下，进行了艺术的筛选，方才进入他的散文。"我停下脚步看着，发现他们脸上的褶皱里收藏着一缕缕金色的阳光。"作者筛选的生活依然是美，也包括一群小孩："对面有一群小孩蹦蹦跳跳走过来，我微笑着朝他们挥挥手，他们一边向我挥手致意，一边轻快地向前行，丢下一路脆甜的笑声。此前，我从没有想过，人的心里会绽放出如此多的快乐和开心。一切都是美的，就连马路上飞驰的汽车，也遵循着某种美学原则。"可见作者将"美"贯穿于散文的选材始终。

当然，还有《飞过城市上空的鸟群》对鸟的叫声描写，作者选择了"像一场润物细无声的春雨，可以在悄然间濡湿每一双仰望的目光，并在每一个人的心里生根发芽"的唯美素材；而在《花絮飞过春天里》中，作者则选择了"小孩用手捧起一把雪白的花絮，放到嘴边用力地吹着，顿时头上、脸上、衣服上被一朵朵白花包裹起来。小孩的母亲站在远处默默地看着，也许早已忘情于这浪漫情景中"的精美生活场景；他在《雪花盛开的春天》中，又选择了"步行到双湖公园赏雪，一朵朵洁白的雪花盛开在杨树、樟树、榆树的枝头"的美丽景致。当然，这些具有美感画面的素材，全都选自作者的日常生活。

日常审美，生活亦美。周宏先生自小生活在苏北农村，后来到县城工作，一直到退休。因此，他对小城的生活十分熟悉。他不但用散文来回归自己的日常生活，而且又用日常生活来构建自己散文的美学特色。选用日常生活的众多素材营造一种属于他自己的散文意境，从而使散文的审美活动回归作者本身的真实生活，这是他散文创作的一个聪明选择。他在《声声鸟鸣入我耳》中写自己"听到一声两声鸟鸣，声音时高时低，有时响亮清脆，仿佛是有人在随意校正着乐器的琴弦。"在《柴门犬吠》中写他"牵着阿黄奔跑，在野地里追逐野兔，雪地上种下一行行杂乱的脚印，洒下一地的欢乐。"在《爬着苔藓的书屋》中又写他"留恋的是十字路口拐角处那一家书屋。"这些像是琴弦的鸟鸣、洒下一地欢乐的犬吠、爬着苔藓的书屋等等生活意象，全都是作者自身日常生活的散文审美选择。

在这里特别值得强调的是，《岁月静 风景正好》的语言之美，正是他日常审美的一种文学表达。在这篇作品中，作者广泛地运用了通感修辞手法，形象生动地叙写日常生活，从而使散文独具美感特质。例如："一股热闹的叫卖声将我的听觉垄断，右侧大树下烤山芋的大爷正热情地招呼路人，卖茶叶蛋大娘不甘示弱，像是在与大爷唱和。""我停下脚步看着，发现他们脸上的褶皱里收藏着一缕缕金色的阳光。我忽然觉得感冒那座压迫得我毫无精气神的大山，似乎一下子被人挪走了，轻松愉悦感又哗啦啦地回来了。""一切都是美的，就连马路上飞驰的汽车，也遵循着某种美学原则。""雨水很是会与我配合得严丝合缝，诗情喷薄欲出。"这些日常生活的现象叙写，熟练地运用通感手法，精准、生动而又形象，深切地表现出了一种文学之美。

由此可见，作者的生活状态促成了他散文创作选材的一种特有的散文风格，普通百姓的生活在这种意境中才能存在，从而使他创作出了独具平民审美意识的散文。正因为此，日常审美也就成为作者在散文选材方面的一大特色。正如周宏先生在他的作品中说过的那句话："小区景色也有着名胜所没有的美感，只是我以前太匆忙，没有发现而已。"

他的意思是说，"美感"到处都有，"发现"则是散文的使命。

二、坚守亲历叙事是其散文的文学价值

散文是一种抒发作者真情实感、写作方式灵活的记叙类文学体裁。因此，只有写出作者自己的真情实感，才能使散文这种文体彰显其自身存在的文学价值，写作者亲历之事，就是实现这一价值的极其重要的途径。周宏先生在自己的散文创作实践之中，始终践行着亲历叙事这个散文准则，给读者带来了一批极具生活张力的散文精品。

《最美的星月》给读者叙述了作者本人去西安的一次旅行，其实是写他去探望西安山区的一户贫困家庭。在"一棵棵树迎过来，又远去；一道道弯拐过来，又拐过去，越野车渐渐驶入群山深处"之后，"沿着崎岖的小路，来到山腰处一个小村落。"然后，作者写自己走进村子后的见闻："村里只有一户人家特别贫困，两位老人领着两个小孩过日子，老人的儿子几年前因病去世，治病耗尽了家里钱财，儿媳丢下一对儿女改嫁了。如今，四口之家仅仅依靠几亩薄田和几头牲畜维持生计，虽有政府接济，日子仍然过得艰难。"最后，在一处低矮的草房的门前，作者终于看到了自己已经帮扶了多年的贫困户："一位老人从屋里走出来。见到我们，他很惊诧，手忙脚乱地将凳子搬到桌边，用袖子使劲地擦了擦，请我们坐下。他佝偻着腰不知所措地站在一旁。我们招呼了几次，也没有坐下来，他只是屈腿蹲着，不停地说着感谢我们的话。"接着，作者又写了自己看到的小女孩："顺着老人的目光，我看到一个女孩背着书包走过来了，身上的衣服很旧，已看不出原本的颜色。老人说，这是他的孙女。"此时，作者详细地描写了自己亲眼所见的昏暗的房屋，几件旧木桌和凳子，墙角斜倚的农具，光秃秃的泥墙上贴着的年画。就是在这样艰苦的生存环境下，父亲病逝、母亲改嫁的小女孩却没有气馁，始终充满了乐观向上的精神。后来，作者看到她家的屋角墙上有一道裂缝，有微弱的亮光透进来，担心起雨水会渗进屋里。然而，小女孩居然微笑着对作者说："晚上躺下睡觉时，还可以看见月亮和星星呢，好美的！"听了小女孩这么一说，作者写这样道："我心里不由得一酸。"整篇作品的所有人物、所有景物，全都是作者自己的亲历，毫无一丝虚构夸张之笔，也正因为此，这篇作品才打动了无数读者。

　　我记得在几年前针对当时散文创作中出现虚构的问题，一批散文家联名发表了《散文：在场主义宣言》的文章，倡导无遮蔽的、敞亮的、本真的散文。这个散文主张确实给中国散文界吹来一股真实之风。然而，令人遗憾的是，我们并未读到多少"在场主义"的佳作。但是，周宏先生的这部散文集却是在真实这条路上迈出了坚实的一步，他用自己的亲历叙事，绝好地为"在场主义"提供了一次成功的散文实践。作者在《边角地的变迁》里写了自己亲身经历的农村生活；在《真假金戒指》里写了自己86岁的老母亲分配两只金戒指；在《在路边摊上别样体验》中写了自己在一家路边小粥店里喝粥；在《寻觅雨花石的笑容》里写了他夜游夫子庙时寻找雨花石。所有的景，所有的事，所有的人，全都是作者的亲见亲历亲为，写进他的散文作品中也就更加显得真实可信。

　　只有亲历，才有感悟。周宏先生这部散文集里的所有作品，便是基于作者的亲历，才写出只属于作者自己的独特感悟。他在《飞过城市上空的群鸟》中这样写自己的感悟："当我蓦然觉悟的时候，已经不用刻意地站在城市高楼的阳台上眺望，我早已经是风景的一部分。不识庐山真面目，只缘身在此山中。大概写的就是我这种人吧？"在《花絮飞过的春天》也写自己的感悟："现在回想起那些诗句，突然有所感触。随着年岁的渐长，经历了过多的世事沧桑、生活的波起浪伏，对诗句中蕴含的深意有了犹如风霜雨雪的浸染，这是用生命在解读古人的生命，从而品味出不一样的意境。"那篇《生命的树》不但写的很是唯美，而且在不经意之间写了作者的感悟："原来放弃奢华好看的叶子，只是为了苟且地活着，没有想到因为坚持梦想，命运却奉上了别样的惊喜。"因为这些全都是作者的亲历，才有了他的深刻感悟，才有了他的精彩议论，这篇《生命的树》才值得我们点赞。

三、坚守平实语境是其散文的表述特征

从审日常之美，到叙亲历之事，是给周宏先生的散文创作提供丰富生动、真实可信的内容，而平实的语境则是给其散文提供一种绝好的表达方式。

亲情题材的散文是最能体现平实语境的一个领域，也是作者在这部散文集中写得较为成功的一批作品。纵观这部散文集中的三十余篇作品，我觉得最让我推崇的还是他不加任何修饰的平实语境的亲情表达，《柴门犬吠》《赶蝉》《真假金戒指》《十字路口的歌声》《一把芭蕉扇》《做自己的模特》《边角地的变迁》《脊背》《沙石场上的爱》《挺立的"瓷柱"》《幸福与牛》等篇目均是这样的作品。这样的亲情叙事方式形成了周宏先生散文创作的独特的平实语境。

值得我们一提的是《柴门犬吠》和《幸福与牛》。前篇是写作者少年时在乡下和父母在一起的一段刻骨铭心的生活，后篇则是写牛叔父子之间的一段农村生活故事，而这些作品又全都是通过一条狗或是一头牛，将亲情关联起来，从而加强了这些散文对亲情故事叙述的平实语境的审美效果。作者在《幸福与牛》中这样写道："这是牛的叫声，牛叔很熟悉，天天听，耳朵都要起茧子了。因为就是牛叔饲养的牛，已经很多年了，他们睡过同一个牛棚，蹚过同一块水田，有着很深的感情，是战友，也是朋友。"然而，随着社会的发展，农业实现了机械化耕作，牛也就失去了用武之地。这时，牛叔也老了，变成了老牛叔，腿脚不便，也养不动牛了。老牛叔觉得"牛叔"这个称呼让给儿子似乎更合适。现在，儿子驾着铁牛，

农忙时耕田犁地、收割稻子等，农闲时就到公路上耙地或帮人家拉货，铁牛是个挣钱的好帮手。当儿子忙到深夜来才回家，倒头便睡时，老牛叔心疼儿子，就开始为铁牛忙乎起来了："牛叔感叹一声，提着铁桶到河边提水，把铁牛的水箱加满，又检查了油箱，拎着油桶加满油。最后，牛叔拿着扫帚把铁牛前前后后上上下下刷了一遍，拿着抹布在座位擦了又擦。"此时，作品将前后两代"牛叔"的父子之情写到了极致，在平实无华的语言里尽显父子真情。

在整个散文集里，写得感人的有《赶蝉》《一把芭蕉扇》等，而最感人的应该是《柴门犬吠》。作品首先写自己对阿黄这条狗的喜爱："最让我欢欣的是，每次放学回家，阿黄不知是闻到了我的气息，还是远远地看见了我，就一路烟似的奔跑过来，在我前后左右跳跃着，仿佛是跳舞，完成一种庄重的欢迎仪式。"这是父亲给自己送的一条小黄狗，父亲还为它起了阿黄的名字。然而，时隔不久，这条作者深爱的阿黄突然不见了。"没有阿黄的陪伴，冷清了许多，我失去了写作业的心情，追问母亲，母亲说阿黄中午就出去了，说不定晚一点会回家的。我也安慰自己，阿黄不会离家出走，一定舍不得我这个好伙伴，可能真的是迷了路，或者生病了，没有力气跑回家，一个晚上我都在迷迷糊糊地想着。"接着，作者就和母亲一起外出到处寻找，最后在一个深夜终于抓到了杀害阿黄吃了狗肉的"凶手"，这就导致作者生了一场大病。从此，"陷入了对阿黄的无尽回忆，无法自拔。"作品最后写了父母又抱了一条小黄狗回来，"我才渐渐开心起来，仿佛又回到从前的阿黄环绕左右的快乐日子。"这篇散文表面是写人与动物之间的感情，实质是写人间亲情，构思十分巧妙，故事十分感人，特别是通过平实的语言对故事的叙述，娓娓道来，不温不火，催人泪下，可谓作者有关亲情散文的一篇代表作。

就散文的语境而言，亲情散文比起写景散文、写事散文来说，要更能直指生命的本质，也更能通过平实的语境去表达深厚的情感。纵观这部散文集，作者在对亲情进行叙事描摹时，力图表达出自己的朴实无华的语言之美，从而将散文的情感表达提升到一个全新的高度。

事实上，所谓的"真情散文"，就是指自由地表达作者真情实感的散文，即是要去除"伪真情"，倡导说真话，写真事，抒真情；拒绝枯涩无味，无病呻吟；倡导以情感人，真情动人。这样势必需要平实无华、毫无修饰的散文语境来表达，这也是"真情散文"创作的一个基本要求。

周宏先生在创作中自觉或不自觉地按照这一要求去进行他的散文文体实践，并且取得了十分明显的成效。通过审日常之美，叙亲历之事，话平实之言，促使他的这部散文集成为"真情散文"的一个最好例证。

《清流》用真情收藏了亲历时光，为此点赞！

（作者系国家一级作家，中国作家协会会员，江苏省报告文学学会副会长，淮阴师院文学院特聘教授）

于细微处见精神

——周宏散文集《十字路口的歌声》序

姜茂友

周宏先生继 2016 年 4 月出版处女作周宏散文集之一——《心灵清欢》之后，新近又出版了周宏散文集之二——《十字路口的歌声》。可喜可贺可赞！

散文，是诸多文学形式中的轻型武器，短小精悍，随性而作。往往是缘事而发，一事一文，由此及彼，铺陈开来。周宏的散文，乍看起来，写的都是些家长里短，鸡毛蒜皮，看似无关宏旨，其实不然。特殊的经历和经历意思有交叉、游历，靠的是题材新颖奇特来夺人眼球；而凡人琐事，要想拿来说理，拿来抒情，拿来敷衍成篇，靠的则是作家独到的观察体悟和浮想联翩的链接升华。所以我认为，周宏的散文是大处着眼，小处着手，靠的是一个"细"字：细致入微的观察力，见微知著的分析力，细腻精到的描写力。

（一）细致入微的观察力

在常人眼里都是些司空见惯的琐事，怎么到了周宏的笔下就有那么多的话要诉说呢？佛教《无常经》曰："有心无相，相逐心生；有相无心，相随心灭"。相只是一副皮囊，也是给人看的外在形象；心才是一种境界，也是操控情绪的源泉。要想自己成为什么样子，一切的取舍都在于自己。由此看来，周宏操控自己情绪、为自己营造良好心境的本领实是高强。诚如他在《岁月静　风景正好》一文中所描写的那样，有了好心情，才有好风景！情人眼里出西施，说的就是这个道理。世上本来没有那么多西施，情人多了，西施才多了起来，相由心生嘛！周宏在心里想着美，眼睛里就处处见到美；他在心里想到善，眼睛里就时时见到善。我们不妨来回放一下周宏笔下的那些人、那些事、那些景……

那些景：一群鸟从城市上空飞过，书屋的墙上爬着苔藓，春天杨柳花絮满天翻飞，新年将近张灯结彩，躺在床上听窗外的鸟鸣，塔克拉玛干沙漠上那"生而千年不死，死而千年不倒，倒而千年不朽"的胡杨树，儿时家里养的那只小黄狗，破旧轮胎里滚落的小蜘蛛，请一位师傅帮自己制作西装……

那些事：从土石房的墙缝向外张望星空，夏夜在秦淮河上守候游船，月光下在双湖公园散步遇到一只受伤的刺猬，在路边小摊子上吃夜宵，乡间的树木被移到城里来，绞尽脑汁终于得到心仪已久的雨花石，70岁的老汉用人力车拉着91岁的老妈妈赶庙会，在小县城里独自骑着单车漫游……

那些人：摆地摊卖青货的老妈妈，大桥下吹葫芦丝的残疾女孩，砂石场上的一对小夫妻，公共汽车上抱老太太下车的大妈，在新华书店里读书的老人，一把充满亲情的芭蕉扇，乡镇农电站的同事，面对拖拉机显得有些无奈的养牛老汉，因为脑梗不能继续跳舞的老伴，在雪地里摸爬滚打的老夫……

周宏笔下其人、其事、其景，都是生活中无处不在的凡人、凡事、凡景，但在周宏的笔下，人物一个个地活灵活现了，事情一件件地生动有趣了，景色一处处地美不胜收了！根雕之根本来就是一堆破树根，但经过艺术大师的匠心独运，浑然变出一件件让世人惊叹的艺术品来！周宏就是那位化腐朽为神奇的根雕艺术大师！周宏的写作经验告诉人们，写作不在于寻寻觅觅那些奇人、奇事、奇景，以"奇"来耸人听闻，而是从平凡的生活中发现美、发现善、发现真，那才是作家的硬道理、硬功夫！

（二）见微知著的分析力

《韩非子·说林上》："圣人见微以知著，见端以知末。"宋·苏洵《辨奸论》："事有必至，理有固然，惟天下之静者，乃能见微而知著。"

读周宏的散文，虽然有点像看市井，拉家常，但是他的语言意象总是那么美好。读他的美文就像是坐在剧场里看戏，总是过一小会就来一个笑点。周宏的叙事方式是行云流水式的，似乎是信马由缰，想到哪里，写到哪里，其实是别具匠心，"我"像导游似的半步不离读者，在不经意间点拨那么一两句，让人顿时觉得如同大快朵颐，连呼"过瘾！""过瘾！"你看——

《生命的树》：胡杨将所有的苦和咸，生生地咽了下去，牙关紧紧地咬着，眉头紧紧地皱着，疼和痛，像蚂蚁爬遍全身。胡杨一声不吭地挣扎着，笔直的树干虬曲起来，直立的细枝旁逸出来，叶子凋谢了，又长出来，再凋谢了……就这样反复循环着，无论怎样扭曲着身体，胡杨都坚持着不让自己倒下去，就像举着一把不朽利剑的勇士，不管身体上有多少创伤，流了多少血，都选择直接面对。

《摆地摊的老妈妈》：看着一脸慈祥的老妈妈，我想起了自己的母亲，她们那一代人是从苦日子熬过来的，一生多苦少甜，到了这个年纪本该享享清福了，过一过自己想要的生活。但是，作为母亲，她们为人做事从不为自己的利益考虑，在不求依靠地养活自己的同时，还想着为儿女减轻负担……用心耕耘着那片土地，培育着一棵棵清洁新鲜的蔬菜，用爱供养着这个城市里的人。

《小城的流金岁月》：我睁开眼睛，静静地听老人们聊天，我没有参与他们的话题。他们谈的每一个话题里都有小城的过往，在时光里沉淀过，现在他们将往事拿出来在阳光里翻晒发酵，每一个眼神和动作里散发着阳光的味道。我只需要体味他们的淡定与从容，积极面对生活的一切，然后揣着明媚的心情骑上自行车，在阳光的河流里安闲地漂流。

《爬着苔藓的书屋》：走出书屋的时候，我回头看了一眼低头读书的他们，又看了一眼墙角下苔藓，好像又大了、绿了一些，沿着墙砖爬高了一些。滴滴答答的雨声里，我恍惚看到苔藓爬满了书屋，渐渐遮盖了这一条老街。小伙子，此刻应该在一遍遍地吟诵着戴望舒的《雨巷》，那个女孩，就是他的丁香一样的姑娘。

......

周宏的散文以叙事见长，他不喜欢发鸿篇大论。不过，周宏的议论虽少，但是少而精，少而有味，像白茶一样，形淡而质酽，让人过目不忘，让人会心一笑，让人拍案叫绝！

（三）细腻精到的描写力

读周宏的散文，既像听一位美女在倾诉，在唠叨，又像是跟随一位女导游，听她在那里"有影子造西厢"，娓娓道来。周宏的语言就像是工笔画家笔下那细腻的笔触，看似随心所欲、轻描淡写的几笔，但是人物、景物、山水就跃然纸上、栩栩如生了！你看——

> 炎炎夏日，太阳悬挂在高空巡游，到了傍晚也失去了兴致，沿着远处高楼的墙壁，慢慢沉入黑暗里，将世界还给星星和月亮。——《十字路口的歌声》
>
> 女人动作麻利地将麻绳解开，一头系在翻斗车的架子上，另一头搭在自己肩膀上用手拉着，不容拒绝地说："我和你一起去，沙子重！"男人拗不过，同意了。他们一前一后，步伐坚定地走在如火的烈日里。男人低着头紧绷着身体努力向前，女人奋力地前倾着，将那麻绳拉得笔直。我和朋友看着他们的背影，感觉阳光不再热了。——《砂石场上的爱》
>
> 我一个人在小区里专拣人迹罕至的地方走着，只有这些地方的雪花才是静默开无主，才能真实保留住雪该有的样子。这样的发现可能不是我所独有，我看到白色的雪地上，居然已经

有了一串串梅花、竹子的脚印，大概是小猫或小狗的脚印，或者是一些不知名的鸟儿的脚印，它们已经先于我抵达了雪花盛开的春天。——《雪花盛开的春天》

追着小女孩疾速滑行的身影，我的目光活跃起来，跨过草丛，越过花坛，穿过广场上活动的人群，紧紧地随着小女孩飞扬的裙裾——她身上有阳光和火样的热情，让人感到冬天不再死寂寒冷。——《冬天不冷》

我拿着钥匙往回走时，身后又听到了美妙的葫芦丝声。那优美的旋律挤走了巷子里的喧嚣嘈杂，天边的云彩也陶醉了，变幻出五彩缤纷的动人色彩，将夕阳温柔的光映在身患残疾的小女孩的脸上，仿佛敷了一层淡淡的胭脂，真美。——《吹葫芦丝的小女孩》

周宏的语言表现力是很强的，而且极具个性，不瘟不火，不疾不徐，淡淡的，慢慢的，跟生活中周宏本人为人处世的性格很相似。此乃"文如其人"之道使然吧！

（姜茂友，笔名崔力，男，1950 年代生于浙江嘉善西塘。1960 年代下放江苏建湖钟庄。1970 年代恢复高考后的第一届大学生。1980 年代当过《盐阜大众报》社记者、编辑、副科长，盐城人民广播电台副台长。出版过《韵府》《穷家难当》《盐城方言大词典》等 10 多部著作，曾作为盐城方言专家应邀出席江苏电视台《最美乡音·盐城方言》的编创和表演。现为建湖县政协委员、老新闻工作者协会主席，建湖著述收藏馆发起人，盐城市非物质文化遗产建湖方言传承人之一。）

目 录

第一辑：那些景…… **/ 001**

岁月静　风景正好　/ 003

飞过城市上空的鸟群　/ 007

花絮飞过春天里　/ 010

赶蝉　/ 014

哦，要过年了　/ 020

小城的流金岁月　/ 025

雪花盛开的春天　/ 029

声声鸟鸣入我耳　/ 034

柴门犬吠　/ 038

爬着苔藓的书屋　/ 044

生命的树　/ 049

第二辑：那些事…… **/ 063**

最美的星月　/ 065

脊背　/ 071

一把芭蕉扇　/ 075

秦淮河畔若有思　/ 081

边角地的变迁　/ 086

真假金戒指　/ 090

做自己的模特 / 094

生命的最后姿势 / 099

月光下散步的刺猬 / 103

寻觅雨花石的笑容 / 107

02 在路边摊上别样体验 / 112

进城的乡间树 / 118

跳好每个人的舞步 / 122

第三辑：那些人…… / 127

十字路口的歌声 / 129

摆地摊的老妈妈 / 134

吹葫芦丝的小女孩 / 140

沙石场上的爱 / 144

像抱妈妈一样 / 148

铺满积雪的土坡 / 154

遇见一位读书的老人 / 157

愿他们起舞一万年 / 161

挺立的"瓷柱" / 167

幸福与牛 / 173

冬天不冷 / 178

后记 / 181

第一辑：那些景……

岁月静　风景正好

　　从医院出来的时候，云低低的，天阴沉沉的，不辨晨昏，我抬起手腕看了一下表，已经上午十点了，离吃中饭时间还早。一连几日的重感冒折腾得我够呛，不是困在医院，就是闷在家里，心里憋得慌。挂了几天的点滴，精神好了许多，心里想着出了医院便去街上走走，散散心，呼吸新鲜空气，感觉生活如此美好。

　　冷风飕飕地扑面，今天气温有点低，我将身上的皮夹克往胸前拢了一下，一个拐弯出了医院大门。一股热闹的叫卖声将我的听觉垄断，右侧大树下烤山芋的大爷正热情地招呼路人，卖茶叶蛋大娘不甘示弱，像是在与大爷唱和。他们夹着食物香味的声音，一下子将我吸引了，觉得别样的亲切，心里涌出一阵欢欣。我停下脚步看着，发现他们脸上的褶皱里藏着一缕缕金色的阳光。我忽然觉得感冒那座压迫得我毫无精气神的大山，似乎一下子被人挪走了，轻松愉悦感又哗啦啦地回来了。我兴奋甩了甩膀子，又扩了扩胸，深吸一口气，站定身子决定好好欣赏一下那条路上的热闹。我希望把心里的郁闷释放出来、稀释掉，在心里重新充装进街道上的人间烟火气，我快要忘却这种平凡而真实的感觉了。

我沿着人行道一路向南走，心情欢欣喜悦，脚步从容淡定，路边一切景物似乎都是新鲜的，我愿意以温柔的目光抚摸它们，并亲切温习它们的名字。我向擦肩而过的路人报以微笑，也得到了他们的微笑，我对他们点头致意，换回了更多的问候。有那么一刻，我甚至觉得他们是多年的旧识，只是在天涯海角各自忙活而已。虽然来往少，但感情未疏远，彼此的深情在记忆深处。现在我又回来了，只要一张口就能喊出他们的名字。我设想，自己如果再纯朴、真诚一些、主动大胆一些，可能就会与萍水相逢的路人在路边停下，热情地递上一支烟，聊一些没有边际的话题，或者干脆走进路边的小饭店，两人对面坐下，叫两样小菜，把酒言欢。一次次把酒杯满上，把过往淡了，把深藏的感情续上。如果本是陌生人，直接会成为要好的朋友。

我背着手慢慢地踱着步，一边摇摇头嘲笑自己总会异想天开。对面有一群小孩蹦蹦跳跳走过来，我微笑着朝他们挥挥手，他们一边向我挥手致意，一边轻快地向前行，丢下一路脆甜的笑声。有一个小女孩见我向他们招手，对牵着她手的妈妈说：刚才那个叔叔好有趣哦，他对我笑了。孩子天籁般的声音飞入我的耳朵，就像冰冷的手里突然被塞进一个暖水袋，特别温暖惬意。我给这个世界一个微笑，生活还给我一份感动。此前，我从没有想过，人的心里会绽放出如此多的快乐和开心。一切都是美的，就连马路上飞驰的汽车，也遵循着某种美学原则。

天终于撑不住了，开始落下小雨点，一点、两点、三点，然后是一串接着一串，每一点都在路边绿化树上敲出清脆的声响，在地砖上开出朵朵白色的小花。白色的雨就是跟着清脆的声响次第绽放似的，随着节奏来到世间。我仰头静静地看着，雨点从天空落下来，细细的、斜斜的，连成珠线，打在脸上并不疼，只是感觉有一丝丝冷意，让我更加兴奋。因为雨并不大，于是我还想在雨中慢慢走一段，与每一滴雨水亲吻，将此刻的情景与心情排成长长短短的诗歌，一声声诵唱出来。雨水很是会与我配合得严丝合缝，诗情喷薄欲出，畅快淋漓地在我的衣服上书写，很快画成充满诗意的水墨画……

我小跑几步，在一棵树下站住，雨水虽不是很大，然而我的感冒刚好，还是要克制自己在雨中翩翩起舞的奢侈想法。我向路上的出租车招手，但出租车里都载着急匆匆归去避雨的人，呼啸着过去了，仿佛是想将这雨中的浪漫独留于我。我也不着急，自得地看着行人和车辆渐渐稀少。这时，一辆车在面前停下，是一辆电动三轮车，开车的是一位大妈，看上去六十岁左右，衣着朴素，大妈招呼我坐车，看我有些不情愿，一边慢慢跟随着我前行一边问，去哪里价钱好商量。大妈说，她的车虽然慢点，却是半敞篷的，可以一路观街景，这倒正合我意，今天只要花几元钱，就可以一览雨中的街景，这真是踏破铁鞋无觅处，得来全不费功夫。

大妈像是懂我的心思，电动车开得并不快。因为她的提醒，我坐在车后观察和欣赏路边的景色，那些我熟悉的建筑物等，此刻是熟悉又是陌生的。产生不一样的感觉。此刻，我一切都是慢的，车慢，时间慢，心情慢，及至于我的心跳也是慢的。这是一种多么奇特的体验，车移而景换，我仿佛跑进了一场电影情景里，是一个时间充裕的游客，漫不经心地享受着这种不急不迫、无忧无虑、无欲无求生活。我沉醉其中，唯恐这种梦幻般的感觉消失。

大妈是一位工厂工人，退休了在家里闲不住，就做起了这种电动三轮车拉客的生意，不在乎一天能挣多少钱，只是享受这种送人到其目的地的时光，她说，走街串巷时，便觉得自己还年轻，拥有大把的时间，慢慢走，品味人生、欣赏风光。

到了小区门口，我没有让大妈送进去。大妈说天上还下着雨执意想送到楼下，是我坚决地下了车。下了车，花了八元钱在路边摊上买了个鸡蛋煎饼，一边慢慢吃着，一边在雨里不急不慌地走着，悠然地看着小区里雨中景象。路边摊上的鸡蛋饼特别香，小区景色也有着名胜所没有的美感，只是我以前太匆忙，没有发现而已。

飞过城市上空的鸟群

鸟群飞过村庄的上空，也飞过城市的上空，翅膀覆盖过广袤的田野和低矮的村庄，也覆盖过鳞次栉比的楼群和纵横交错的公路，它们的鸣叫就像一场润物细无声的春雨，可以在悄然间濡湿每一双仰望的目光，并在每一个人的心里生根发芽。

站在城市高楼的阳台上，我常常默然地向着远方眺望，看朝阳从东方升起又从西方落下，看流云在湛蓝的天空里闲游，不经意间总会看到鸟群飞过天空，由远及近或由近及远，由小变大或由大变小，无论它们采用怎样的姿势，我似乎总能看见它们伸展开的翅膀，强劲有力，勇敢搏击。扑棱的翅膀里裹挟着飒飒的风声，背上稳稳地驮着白云，倏来忽去。

看得时间久了，我总会生出一些冲动，想邀请鸟群从云端上走下来，一个敛身来到我窗前，与我对坐，把酒长谈，告诉我它们遨游天空的秘密，说一说它们是如何驾驭着这一片天空的湛蓝，化身为精灵，由心地放牧着自由和梦想。于是，有时我就会忍不住对着天空长啸一声，期望从我喉管里发出的音符，能够抵达鸟群的内心，达成美妙和谐的共振。

当然，这只是我的一厢情愿罢了。无论我怎样努力，都没有成功地让一只鸟停下来，栖息在我的指尖，或者在我的头颅上衔草做窝，或者叼着一朵花来到窗前。它们依然高飞着，缩小成天边的一个黑点，或者尖叫一声落在一棵树的树巅上，或者群集在对面的楼顶上空盘旋着——我和鸟之间没有架起一条相互沟通的桥梁，只能停留在相互眺望的一个层面。

突然想起诗人卞之琳的《断章》："你站在桥上看风景 / 看风景的人在楼上看你 / 明月装饰了你的窗子 / 你装饰了别人的梦。"有那么一瞬，觉得自己就是那个看风景的人，只不过我是站在阳台上，鸟群是看风景的另一方，它们是悬浮在天空上。不知不觉间，我们都在眺望，彼此都成了对方的风景，冥冥之中，我们似乎存在了某种对话的可能。

小的时候，我就是从乡间长大的。乡间见得多的就是鸟群了，它们树上筑巢做窝，生儿育女，一代又一代繁衍着生息着，世代与我们做着友好的睦邻。而我家门前屋后都栽种着树，树上搭建着一个个鸟巢，居住着一声声绿色的鸟鸣，一抬头一凝眸，都能看见活跃在树枝上的身影，晨曦和露珠在它们的歌喉里闪烁着光亮……这些都深深地烙印我的记忆深处。

那时，我与鸟群是那么的亲近，那么的熟稔，鸟群就生活在我的琐碎的生活里，我也生活在鸟群的天空里。可惜的是，我的生活太匆忙了，当我从乡间出走，在城里打拼时，就渐渐淡出了鸟群，我蜗居的单位的小平房，窄迫逼仄，装不下一棵树舒缓的呼吸，而鸟群，我曾经乡间的邻居它们依然守在乡间，从没有离开过我的襁褓之地，我们渐渐成为陌生人。

时光流转，如今的城市已经不是昨日的城市，居住乡间的树已经在城里扎根。城市是绿色的城市，鸟群也开始在城市聚集。由于习惯性的思维，我选择性地遗忘了城市的发展，没有停下奔跑的脚步，去细细观察和发现，用心去体悟城市里正有一股庞大的绿色，正从街道上、小区里，从城市的角角落落里潮涌出来，带领着鸟群从乡村深处飞过来。

当我蓦然觉悟的时候，已经不用刻意地站在城市高楼的阳台上眺望，我早已经是风景的一部分。"不识庐山真面目，只缘身在此山中。"大概写的就是我这种人吧！我发现我居住的城市的西塘河畔、双湖公园的树上，都生长着一树一树的鸟巢，鸟群从一棵树迁徙到另一棵树，从一座楼群飞越到另一座楼群——鸟群也搬迁到了城市里，又成了我的友好睦邻。

最近，我也有新的发现，居住的小区的树上，也生长着星星点点的鸟巢，虽然不大，躲在枝丫间，但是只要想想，我就是有些兴奋，飞过城市上空的鸟群，就有我的邻居，深夜里会不会衔着星光飞进我的梦里呢？成为别样的风景。

飞过城市上空的鸟群

花絮飞过春天里

"下雪了，下雪了！"有孩子突然大声叫喊起来。

我一个人慢慢走在大街上，被孩子的叫声吸引了，恍惚间，竟如置身梦中。时当五月，阳光正从头顶暖融融地洒落下来，怎么会下雪呢？我晃了晃脑袋，定了定神，确定自己真的不是在梦中。

五月飞雪？《窦娥冤》中看到过这样的文学虚构——社会动荡，黎庶涂炭，六月飞雪，大旱三年。当今祖国政治清明，国力强盛，不会出现这样的恶兆。我为自己的认真严肃暗自笑了。调皮的孩子们，把飞扬的柳絮扬花当成雪花，说明他们的世界是浪漫奇特的，绝对不可以常理度之，何必去较这个真。我一边低头思索着，一边慢慢地走着欣赏"漫天飞雪"。

于我而言，在五月，没有哪一项运动，比走路更让人感到这么舒服和自在，我经常散步并自得其乐。不过，此刻孩子们的浪漫嬉闹，在无意间引起了我的情思。抬头间，我忽然发现，天空中真的飘飘忽忽地飞扬着一朵朵云，毛茸茸的，真的像极了雪。

我站定身子仰头看着，理性和常识第一时间提醒我：空中飞扬的是杨花或柳絮。只是，我分辨不出到底是花还是絮，人到了这个年纪，对许多事物失去了好奇心，好像都是应当那样存在的，花与絮于我都是一样的，懒得在心里去分辨。看着空中一点点朵朵飞扬着的花絮，我只觉得这个春天真的是离我越来越远，她留给我只有我额头间的又一道皱纹吧。

岁月飞逝，古往今来，总会引起文人墨客的连绵不断的感怀。想起多年前我读过的南宋诗人吴文英的《浣溪沙》："落絮无声春堕泪，行云有影月含羞。"那时我青春年少、风华正茂，还不识人间忧愁的滋味，更不可能有默然伤春的感觉。只是觉得此诗情景交融，呈现的画面很美，但内心里升起一丝鄙夷，觉得作者太过矫情。

现在回想起那些诗句，突然有所感触。随着年岁的渐长，经历了过多的世事沧桑、生活的波起浪伏，对诗句中蕴含的深意有了犹如风霜雨雪的浸染，这是用生命在解读古人的生命，从而品味出不一样的意境。经历了，才懂了苏轼在《水龙吟》中写的那样："春色三分，二分尘土，一分流水。细看来，不是杨花，点点应是离人泪。"

我莫名地多愁善感起来，是不是到了暮年，都会无端地伤春呢。在亲朋好友看来，我从来都是一个乐观向上、豁达开朗的。但凡和我过交往过的人，都说在我身上能感受到太阳的光与热的。我少时在乡下度过，日子清贫恬淡，后来到城里上班，做一线工人，任劳任怨，努力深造，不断进步，在大家的鼓励和掌声中走上管理岗位，过上了舒坦的生活。我已经很知足的了，并无遗憾，只有对

花絮飞过春天里

生活、亲友无尽的感恩。

想起看过的一篇小小说，一个久居高位的领导，退居二线后，一时不能适应没有人前呼后拥，变得伤感而忧郁，为照顾他的情绪，家人依然称呼他领导，吃饭睡觉事无巨细要向他请示汇报。如此这般演戏，他才觉得开心快乐，生活有意义。小说虽然有讽刺意味，反映的却是另一种伤春，想想倒是有趣。春光明媚温暖，春花烂漫，春天充满生机，但一年四季循环往复，各有其美，谁又能让时间停止呢？生命中很多东西是不可逆的，没有必要也无法强行挽留。如果不能顺其自然，春天的花絮只会徒增烦恼吧。

花絮飘落大观园，多愁多感多病的林黛玉睹物自怜，唱出了惹人掉泪的葬花词："花谢花飞飞满天，红消香断有谁怜？游丝软系飘春榭，落絮轻沾扑绣帘。"这一段葬花词是林黛玉借花絮感慨自己的命运吧，我们何必为再自然不过的"红消香断"伤心流泪，一年四季都有花开，人生每个阶段都有别样的美。

伤花与赏花，不是花不同，不同的是心态。一个情绪是低落，一个情绪乐观。"横看成岭侧成峰，远近高低各不同"。飘飞的杨花或柳絮，在孩子眼里，像是一场纷纷扬扬的雪花，美丽得如童话，是一场奇妙无比的梦；在林黛玉的眼里，是一场永不相见的生离死别，充满了愁怨，是一江春水向东流。心境的转变，瞬间划定了喜与恶、美与丑。

那一年，我的一位老朋友，从上海回归故里。他，少年时外出求学打拼，然后成家立业，现在老了，有时间了，就想回到儿时生活过的地方，走一走、看一看。那时，也是五月，我陪他坐车来到他的故乡，印象中的故乡已经物是人非，而他完全成了诗中描写的场景："少小离家老大回，乡音无改鬓毛衰。儿童相见不相识，笑问客从何处来。"老人没有一丝失落，心平气和地接受了现实。

我陪伴着老人在他小时经常活动的地方走着，当年的老房子踪迹全无，改作了阡陌纵横的农田，只有他儿时栽下的树，还有几株兀自站在河岸边，在风中摇曳，仿佛是在向故人点头，老人感慨一番沧海桑田后，就是兴致勃勃指这指那，说起往事，仿佛那时的顽童还在，只是流年偷换了时光。

不知是杨花还是柳絮，依然还在空中纷纷扬扬地飘着，刚才喊下雪的孩子还蹲着身子玩耍，在路边地面上正堆积着一层层白，像河水拍岸溅起的浪花，又像天上白云流浪倦了，降落人间。小孩用手捧起一把雪白的花絮，放到嘴边用力地吹着，顿时头上、脸上、衣服上被一朵朵白花包裹起来。小孩的母亲站在远处默默地看着，也许早已忘情于这浪漫情景中。

此时此景，我突然想起生活于其中的这座小城，一定有许多的地方上演着同样的画面。小城里有一座陆秀夫纪念馆，藏身一个小院子里。我相信只要一屏气凝神就能听到南宋丞相陆秀夫，正吟诵着与自己并称为"宋末三杰"文天祥的《过零丁洋》："辛苦遭逢起一经，干戈寥落四周星。山河破碎风飘絮，身世浮沉雨打萍。"只是现在听到这首诗词，除了赞叹诗人的忧国忧民情怀，今人已经没有家国沉沦的悲伤味道，有的只是感慨和欣慰，如今江山稳固，不再风雨飘摇，国家正走在复兴强大的康庄大道上。

想起诗人顾城《门前》中的一段："扶着自己的门扇 / 门很低，但太阳是明亮的 / 草在结它的种子 / 风在摇它的叶子 / 我们站着，不说话 / 就十分美好。"此刻花絮飞过的小城是幸福的、是美好的，正以最热情的姿态迎接夏天。

花絮飞过春天里

赶蝉

在孩童时的一个盛夏，吃罢午饭，我在门前那棵苍老的榆树下玩耍，一声声蝉鸣从树冠中飘来，混杂着从小河里跑过来的丝丝凉风，甚是惬意，夏天就应该是这样。我突然想起父亲教我的一首虞世南的诗《蝉》，似懂非懂地轻声吟诵出来："垂緌饮清露，流响出疏桐。居高声自远，非是藉秋风。"

父亲的讲解，让我太喜欢这首写蝉的诗，诗人怎么比我一个整个夏天都在关注蝉的孩子还懂蝉，会写出这么富含哲理的诗句。蝉，对我们乡下孩子来说，就像门前的老树、屋后的庄稼、流过村庄的小河一样，是我们童年生活的一部分。在我家房子后面，有一片茂密的小树林，每到夏天，那里就成为蝉们举办演奏会的音乐厅，有浅吟低和，有高歌独唱，有万众齐鸣，此起彼伏，绵绵不绝，大有绕梁三日之感。

我仰着头绕树仔细观察那些鸣蝉，不由恍然大悟，那首在我心中仍然似懂非懂的《蝉》诗中蕴含的道理，似乎真的懂了。蝉声之所以响亮且传至远处，不仅仅是借助风力，主要在它身处最高处。

我迫不及待想把这首诗背给母亲听，还要把我体悟到的道理讲给母亲。于是，我站起身来拔脚就朝屋里跑，生怕脑海里的一点灵感如闪电般被黑夜吞噬。与小树林的欢闹相比，屋里显得静悄悄的，母亲正在午睡。我满怀惊喜地跑进房间，来不及掩饰急骤而笨重的脚步声，吵醒了母亲。她已经翻过身朝我看过来，目光中有点诧异，正等着我说出自己的心思。

"妈妈，我想背一首古诗给你听。"我连忙轻声说。这时，我忽然对自己的冒失感到后悔：这些日子里，每日天不亮，我还在美梦中时，母亲就在庄稼地里干活了，在中午最酷热时，劳累了半天的母亲才躺下歇息一会儿。

"什么诗啊？你背给我听听。"母亲似乎很有兴致，眼光中满是期待和鼓励。母亲对我的学习比田里的庄稼更上心。

"垂緌饮清露，流响出疏桐。居高声自远，非是藉秋风。"我背着双手，字正腔圆地把诗背诵了一遍，但没有把自己的领悟讲出来，我想早点离开本来安静的房间，让母亲再休息一会儿。

"嗯，不错，背得不错！"母亲轻声赞叹道，接着却叹了一口气，说："这会儿蝉叫得太响，弄得我现在还没睡着，有点闹人了。"

听了母亲的话，我内心刚刚还涌动的小得意，一下子消失得无影无踪，那些刚才还和哲理有关的蝉立刻就成为令人厌恶的小怪物。我心里暗暗说，烦人的蝉，我要把你们从树上赶走，让母亲好好地睡午觉。

"知了，知了……"当我走出房间，蝉的叫声似乎是在向我宣战，聒耳的声波沸反盈天，仿佛要把我家的屋子撕开一个大口子，声波乘虚而入，然后强行钻进母亲的耳朵。我从来没有如此感觉——蝉居然如此讨厌。

于是，我喊上弟弟、妹妹，拿来一根长长的竹竿，来到屋后的小树林，循着蝉的叫声，我们透过茂密的树叶仔细搜索，欲驱除而后快。蝉很警觉，好像发现了我们的意图，一时间都噤了声，躲在高高的树梢，任我们东张西望。

终于，我们在一棵树的枝叶间，发现一只躲藏的蝉，它身体紧贴着树枝，仍兀自得意地大声鸣叫着。我连忙示意弟弟、妹妹闭紧嘴巴，猫着腰，轻手轻脚走到树下。我挺直身子，举起竹竿慢慢靠近蝉，离它还有一尺远的时候，竹竿却够不到了。无论我如何努力踮起脚尖，抻直身体，还是奈它不可。

眼看大功告成，我不甘心，奋力向上一跳，全身的力量通过竿子打在那根枝叶上，发出"哗啦"的一声响。不知道是响声提醒了它，还是枝叶掩护，蝉"呼哧"一声飞远了，留下徒劳无功的我们在树下跺脚咬牙。

那蝉并不逃之夭夭，只是转移了阵地，不一会儿又在另一棵树上高声鸣叫起来，仿佛是在示威、挑衅："来啊！来抓我啊！谁能阻止我的鸣叫？"

竟然让那只蝉逃跑了，还在树上肆意鸣叫着，这不是嘲笑是什么。我越想越气，跑过去便挥舞竹竿对着那一棵树一阵乱打，犹如对着一群敌人扣动机枪扳机。

树叶"扑扑"地纷纷落下，树林里的蝉鸣合奏在一片嘈杂中乱了乐章，不得不停了下来。我仔细察看地上的残枝败叶，希望其中有伤痕累累的蝉。可惜，这一波狠劲还是白费了，树叶成了蝉的挡箭牌，比它的壳更迷惑人。我明白了，树枝是蝉的主场，犹如鱼儿的海洋。

我用脚狠狠地蹬在树干上，一边蹬，一边愤愤地喊着："再让你乱叫，再让你乱叫！"我发疯似的将怨愤倾泻在树上，大声嚷叫着，企图在声势上盖压它们，使其服输、退却、低调，哪怕是去重新梳理一下乐章、积蓄一番力量，暂时给母亲争取一个安静的午休。

然而，我的这些举动并没有取得丝毫效果，蝉们仅仅是安静了一小会儿，很快又组织起底气十足的鸣叫，声音更响亮，气息更悠长，似乎憋着劲向我们叫板。

我们也是不会轻易认输的。较量了几个回合后，我们发现蝉还是害怕风吹草动的，当我们对着树叶乱打时，它会惊慌地飞走，逃到另一棵树上去。于是，我和弟弟妹妹们分头行动，拿着竹竿拼命敲打树叶，要把蝉赶得远远的，使其另择他木而栖。

我们的办法好像有效了，一只只蝉惊慌失措地夺路而逃，树林里安静下来，只听见凉风吹翻树叶时的声响，仿佛已经听到了母亲酣睡中的呓语。

我们从树林里凯旋，坐回到老榆树下，准备享受一番清凉，可身上的汗水还没冒完，树林里的寂静又被几只蝉的鸣叫声打破，它们仿佛是在叫嚣："我们又回来啦！"我们不甘心，拿起竹竿再次冲进树林，一阵乱打之后，树林里又恢复了安静。

这一次，我们把竹竿挥舞得呼呼生风，把树叶打得如雪花般纷飞。气喘吁吁的弟弟对我说，这一次，蝉一定怕我们了，不会再叫了。看着弟弟一脸自信的样子，我觉得也应该是这样的。可是，我们还未来得及庆祝胜利，蝉鸣声又响了。

这些蝉似乎看穿了我们的黔驴之技，采用了"敌进我退，敌驻我扰，敌疲我打，敌退我追"的游击战术，跟我们耗上了。但是我们不认输让步，用同样的方式反击，明知不可为而为之。因此整个中午，我们没有得到休整，没有吹上舒服的凉风，几乎一刻不停地在树林里奔跑、拍打，不得不在进和退之间徘徊。唯一让我们欣慰的是任凭汗水湿透了衣衫、树枝刮伤了胳膊腿，只想让那些蝉安静下来，让母亲睡一个安稳的午觉。

就这样我对那蝉没了好感。我在寻找着机会，一定要狠狠地教训一下它们。有一天中午，一场暴雨突然袭来，密集的雨珠如同铺天盖地的子弹，将树林里清洗了一遍。蝉似乎受到了打击，偶尔的鸣叫声也嘶哑起来。我想，蝉的翅膀被雨水淋湿，它可能飞不起来，或者干脆被雨"弹"击落摔到地面上而受伤，它们是在痛苦地呻吟。

这不正是报仇的最好时机吗！我兴奋起来，喊上弟弟、妹妹再次拿上竹竿冲进树林里。我们低头在地上寻找蝉的"残兵败将"，结果令我们很失望，没有发现一只；再抬头朝树上看，却发现一只蝉正在高高的树枝下，几只脚紧抱树枝。我举起竹竿正准备把它打下来，脑海里却闪过虞世南的《蝉》诗，这一竿子下去就会要了它的命，是不是有点太残忍。只为它吵得母亲无法安心睡午觉，我就要打死它？

一时之间我不知怎么办才好。算了，我决定把它抓下来，让它知道我很厉害，要是它们还在这片小树林里，就会继续"捣蛋"……我脱下鞋，搓了搓手，抱着树就往上爬。可是刚下过雨，树皮湿滑，我没爬几下就滑了下来。试了几次，把胳膊腿蹭得生疼，还是不能攀上那高枝，心中不由得佩服高高在上的蝉——它们怎么就那么容易居高而放声远鸣呢。

我从屋后草垛上扯来一把干草，把树上的水擦干，终于勉强爬上了树。但是树的枝丫依然水漉漉的，当我一只手抱着树干，一只手去捉蝉时，哧的一声滑了下来，一屁股摔在了地上，幸好被一根树枝挡了缓冲了一下，而下面的泥土较湿软，才没摔得太过严重，只是身上擦破了一点皮。

"我只是随口一说，你居然去赶蝉，傻孩子。"母亲发现我的伤口后，吓坏了，扯着我左看右看，摸头捏腿。她目光中充满疼爱，温柔地对我说："蝉在地下要生长多年，才爬出洞口，来到阳光下，它能不叫吗？那是因为它们见到光明和温暖而高兴。"

听了母亲的话，我如释重负，蝉蛰伏在黑暗潮湿的地下好几年，才迎来一生中短暂的夏日，它确实应该高歌鸣唱，为来之不易的幸福！而且，蝉的鸣唱还给世人留下许多像虞世南那优美诗词，给人们以思考。我们要重新认识蝉，它的鸣叫声竟然隐含着许多的诗意呢，说不定我也能成为诗人呢。我决定再也不赶蝉了。

哦，要过年了

　　路两边的店铺里一片喜气洋洋，音箱里播放着祝福新年快乐的老歌，一直飘扬到大街上。平时卖书的小书店，及时在书架上挂起了红彤彤的春联。如果驻足片刻，还能嗅到空气里弥漫着淡淡的油墨味道。

　　不知不觉间，春节真的很近了。定神一下，就能感觉到节日快速赶来的足音，隐隐地春雷般从时间远处滚来。

　　我每日忙碌在生活空间和时间交织的经纬上，还没有来得及停下脚步去欣赏路边的四季风景，时间已经迅速地从秋高气爽换成冰天雪地。往日空旷的大街上也好像变得狭窄了，人突然从四面八方冒出来，把大街小巷塞得满满的，应景一般营造着新年的喜庆氛围。本来还是寒气凛冽的冬天，人的体感气温似乎也没那么低。

　　一天晚上，习惯性地窝在空调屋里看书的我突然心血来潮，想走出家门，去吹一吹夜风，呼吸一下外面的空气。进入冬天，我几乎不曾留意小城夜晚的景色。在离去不远的秋天，我还经常在夜晚走上街头散步，或到小城的公园吹风。我在家里闷得太久了，我是应该出去舒缓一下身体。

在冬日的夜晚，双湖公园我是不必去了，那里水多树茂，从湖上吹到岸的风一定是冷的，裹挟着水汽撞在脸上，说不定还会凝结出一层薄冰来。此时，应是鸟宿寒枝上，树下行人稀。虽然我不是一个喜欢热闹的人，但如此寒冷寂寞的地方，我也是不愿独处。快要过新年了，到大街上感受一下过年的气氛也好。于是，我换好衣服推开门，慢慢走过小区的林荫道，出大门向左拐，径直走上了街头。

我站在路边踟蹰了一下，一股热闹的气息就扑面而来，看着马路上来来往往的车流，一时间竟有些陌生而新奇。毕竟是在夜晚，我有好长时间没有走上街头了。

我慢慢走着，用心听着夜的声音，欣赏着夜的景色，点亮我眼睛的是，一棵棵树的枝丫上挑着一盏盏灯笼，红红地亮着喜庆，夜仿佛也被染红了，我的身体跟着暖和了起来。

这一刻，我真切地感觉到新年近在眼前了，仿佛春节就是眼前的灯笼，有光有暖，有形有状，只要我踮起脚尖，一伸手就可以把新年的喜庆揣在怀里，让我整个人也光亮喜庆起来。很自然地想起，不用过多久，家里将开始热热闹闹地忙年，炸肉圆、蒸包子、买瓜子糖果……心里竟然涌起了孩童般渴望新年到来的激动。

我沿着街道边走边看，路边的店铺比以前热闹了许多，人影在欢快的音乐声里晃动着，或挑挑拣拣购买商品，或细嚼慢咽品味小吃。路过一个十字路口，我看见拐角处的茶馆高大的落地窗背后，有人三三两两围坐在一起喝茶、聊天。我站在路边静静地看一会

我，要过年了

儿，也能感觉到袅袅的茶香慢慢升起，飘到鼻尖，钻进肺腑，人也似乎轻盈振奋起来。这么热闹喜庆的场景，在小城也只有在年关的时候才能看到。在外打工的、上学的人们陆续回来了，他们互相分享着一年的喜怒哀乐，那些有趣的或者难忘的故事。

经过丰收路和秀夫路的十字路口，我向右拐弯，继续向前。这一段路我比较熟悉，夏天散步经常路过，有很长一段路两边没有店铺，当然比较冷清，一路除了路灯就是匆匆路过的车灯。不过，路边低矮的绿化树还是比较稠密的。因为僻静，许多的鸟在树上筑巢安家。在树下散步时，能听到树叶轻轻摇动、沙沙地响，仿佛在跟我轻声地打着招呼。

但是在今天这样的夜晚，往日灯火黯淡的这一段路，却突然明亮红火起来。树荫下的人行道上多了一个个小店铺。是红色的帆布搭建的临时摊位，一小间挨着一小间，就像一个个筑在树下的鸟巢。灯光透过红色帆布射出来，红色烘托出暖暖的激情。

哦，要过年了！临时搭建的棚子也是张灯结彩的——这小小的店铺里也热销着五花八门的年货，物美价廉，引得顾客纷沓而至。还没有走进店铺，喜庆就满溢出来，呼啦啦地扑入眼帘：一幅幅春联挂在高高拉起的绳子上，或平放在小铁床上。"一帆风顺年年好，万事如意步步高""五湖四海皆春色，万水千山尽朝晖"……这些喜庆祥和的对联，仿佛从大红纸上站立起来，祝福进进出出的客人。

我心中一动，也认真地找寻起来。我，希望能找到一副有关雪的春联，从乡间走出来的我，身上或多或少还保存着农民的本色，喜欢"瑞雪兆丰年"这样接地气、实在的一些词句。而且，入冬以来小城一直没有下雪，我期待降下一场大雪来给新年增添气氛。可能是我的要求有些跟不上前行的潮流，居然没有发现满意的对联。但是也没有遗憾，因为许多人都挑中买了春联，他们脸上绽放的笑容，是真实、温暖的，那种喜悦同样能够感染我的心，我可以同心去分享他们的幸福啊。

我的目光从春联上捡拾起来，开始观察买春联的人们，他们各有各的幸福和满足呢。有一根树枝横斜在一间店铺门口，上面还挂着一个大红中国结，树和中国结一起送给顾客们一个小小的惊喜。我立即决定也买一个中国结回去，挂在卧室门口，每天看着这份红火和喜庆，该是一件多么开心的事啊。

我上前伸手就去触摸树枝上的中国结，店铺老板连忙说，这一个中国结不卖。我有些好奇，不禁仔细地打量起来，这个中国结好像褪色了，与那些鲜红的春联一比，明显黯淡些。我想，老板大概认为是旧了，不好意思卖给图喜庆的顾客。我没那么讲究，而是看眼缘，只要对上眼就好，连忙说："没事，我愿意买。"可是还是被老板拒绝了。

居然有生意不做。看着我一脸疑惑的样子，老板打开了话匣子。原来去年的春节前，他就在这棵树下卖春联。一天夜晚，一位中年人在这里买了春联，又买了中国结。因为走得匆忙，遗忘了中国结，当他发现的时候，中年人已经没了踪影。他以为中年人会返回取中国结，又担心他记不住这个摊位，就随手将中国结挂在了树上。不料，那位中年人再也没有回来，这个中国结就这样一直挂到树上。在老板心里，这个中国结是为那中年人而挂，挂起的是一份诚信，也许还有吉祥的祝福。

看着挂在树上的中国结，那一刻，我觉得让老板等待的那个中年人曾经返回来过，只是他准备取走中国结时，发现它挂在树上更

哦，要过年了

美，会让小城的人看到大红喜庆的中国结，给大家都带去喜庆吉祥。

　　这次，我也让老板拿了一个崭新的中国结，一路上提着，就像提着一盏灯笼，眼里心里，都是明亮喜悦。

小城的流金岁月

冬日的早晨，九、十点钟的阳光，灿灿的、暖暖的，发着咣当当的声响，金色匹练般从蓝色的天空上倾泻而下，有的落在楼宇屋顶上，有的洒在干枯的枝丫上，有的逗一棵树下睡懒觉的猫尾巴……在这些阳光中，泼在大桥上的阳光最为壮观宏大，汇聚成一条滔滔滚滚的河流，从凸起的桥面出发，沿着斜坡奔流而下，泛动着匆匆的车流或人流，沿着大桥的坡度分成两路，一路向东，一路向西。

我是从东边过来的，使劲地蹬着自行车，逆着阳光的河流而上，冲到大桥高高的顶部，稍微喘口气，然后再沿着大桥的斜坡顺流而下。在平地上慢慢骑行时，还感觉不到风，但是一下坡，因为速度加快，寒风猎猎，尖刃一般冷冷地刮过我的脸，硬硬穿透羽绒服，成群的蜂蚁一般叮啮着我的肌肤。

冷，是真的冷，手机上的天气预报显示今天是零下 4 度。看到天气晴好，阳光灿烂，我一时心血来潮，想骑着自行车一边晒太阳，一边看看小城的冬日景色，于是就一厢情愿地出来了。自行车冲到大桥坡底时速度达到最快，寒意也最深，自行车向前滑行了一段，渐渐慢了下来。寒风也随即藏起了利刃。我感受到阳光的温暖，手掌一般抚摸过后背，渐渐驱散残留在身体里不肯离去的寒意，抽丝剥茧一般，身体慢慢暖和起来，握着车把的手也不冷了。我很享受这种感觉，双脚悠悠地踩着自行车，一路缓缓前行。

阳光如河流泛着自行车，自行车驮着我，我的后背驮着阳光，一路慢悠悠的，经过医院，路过超市，途经学校，看过樟子树，见了梧桐树，遇过杨树，以及发现路边店铺里出没的形形色色的顾客，一切都是那么淡定从容。

这时，我的耳畔突然响起了耳熟能详的歌声："小小竹排江中游，巍巍青山两岸走，雄鹰展翅飞，哪怕风雨骤……"歌声是从路边的书店里飘出来的，我莫名地心动起来。这是电影《闪闪的红星》的插曲，也只有书店里播放，毕竟适合孩子们听。多年前我看过这部电影，眼前仿佛闪现出电影里的画面：小小的竹排在滔滔的江水中游动、穿行着，两岸的青山近了又远……

听觉上的愉悦，使我的身心一下子放松下来，感官越发变得灵敏活跃起来。我慢慢地蹬着自行车，仿佛是漂浮在起伏的阳光河流上，路两边砖头铺就的高过路面的路沿是一条河的两岸，两岸上的建筑物是高低起伏的连绵青山，绿化树是林立的繁密草木，擦肩而过的行人或车是水中的游鱼，人或车的喧闹声是潺潺的水流声。我脚下蹬着的自行车仿佛就是一艘小小的竹排，我就是竹排上的掌舵的艄公。我非常喜欢这种奇特的幻觉。

在大街上骑自行车的休闲运动，成了一次没有终点的漂流，路边的风景可以慢慢欣赏，既省钱又环保，又不用着意准备食物和水，由着性情任意地涂抹生活的一页，这样的一天是精彩、有意义的，还是有趣味的。

在阳光的河流上，自行车这一个小小的竹排，任意漂流着，不断转换的是沿岸的风景。在汇文路和秀夫路交叉的十字路口，红灯叫停了自行车，扶着车把坐在车座上，一只脚踩在脚蹬上，一只脚斜撑在地上，就像一竿竹篙紧靠着竹排插在了水底，在水流中稳稳地停住了竹排。

来往的车流里，十字路口就像一个深潭，从东南西北四个方向涌过来的阳光都汇聚过来，在这里蓄住了，水浪盘旋了一番，赖着不肯走了。来往的车辆就像一艘艘乘风破浪的帆船，推动着阳光，掀起一朵朵浪花，潮涌着冲上台阶，一遍又一遍地淘洗冲刷着，台阶因此变得亮亮的、潋潋的，耀人的眼。

这是我骑着自行车从大桥上冲下来，经过的第三个十字路口，之所以能够引起我关注，是因为这个十字路口是这条路上相对繁忙的一个，而且还占据着独特的地理位置。东南角的台阶上是一家炸鸡店，炸鸡店不远处挨着一所学校；西北角上是一条窄窄的长着花草的青砖路，通往中医院；西南角上也有一家银行，两侧是栉比的商铺，西北角的台阶上也是一家银行，背靠着居民小区，而且银行的拐角处开了一个侧门，与小区进出的西大门相距不远，在这两个门之间是一块较大的空地，就像一个蓄水池，恰好能够积蓄冲上台阶的阳光。

阳光是动植物生长所必需的条件，当然也是人生活所必需的。因此在某种程度上，人也具备着昆虫所具的特性——趋光性，喜欢在阳光下聚集，尤其在冬天。

　　在马路斜对面，我看到西北角的那一块空白地上，离着台阶不远处立有一个暗红色的铁皮柜，柜子上面竖立着一个自行车的钢圈，钢圈后面坐着一位戴着帽子的人，一眼就可以判断出那是一个修理自行车的摊子。在铁皮柜的不远处有一棵梧桐树，树下面安放着一个长长柜子，上面插着透明的玻璃，有一人站在后面。这样的画面在小城有着许多，不用猜想，肯定是一个烧烤摊。我的目光继续向后延伸，挨着银行侧门的地方，坐着几位老人在晒太阳，他们应该是小区里的居民，吃好早饭，自己搬着椅子凳子过来的。

　　正看得出神，绿灯亮了，我骑上自行车跟着车流过了马路。这一次，我没有选择继续前行，而是推着自行车上了台阶，自行车也来享受这里蓄积的阳光。我走到老人们身边倚墙站着，跟这些老人一起晒太阳，享受阳光的拥抱。这里的确是块风水宝地，风到这里仿佛拐了一个弯，跑到其他地方撒野去了，不在此留一线痕迹，阳光在此也格外丰裕充沛，特别热情。

　　我坐下来眯着眼睛，能感觉到阳光从脚下开始，蜿蜒着慢慢爬上我的脸，将光和热经过肌肤上的毛孔慢慢地灌注到身体里，融进血液里，再流遍我的全身。仅仅是一会儿，浑身上下就暖洋洋、暖乎乎的，骨头仿佛都要酥了，全身惬意。在冬日里晒太阳，真是一件幸福的事，难怪这些老人会聚集在这里。

　　随着身体变暖，有点僵硬的骨头也松动灵活起来，我睁开眼睛，静静地听老人们聊天，我没有参与他们的话题。他们谈的每一个话题里都有小城的过往，在时光里沉淀过，现在他们将往事拿出来在阳光里翻晒发酵，每一个眼神和动作里散发着阳光的味道。我只需要体味他们的淡定与从容，积极面对生活的一切，然后揣着明媚的心情骑上自行车，在阳光的河流里安闲地漂流。

雪花盛开的春天

"绿蚁新醅酒，红泥小火炉。晚来天欲雪，能饮一杯无。"

在朋友圈里看到这一条信息，以为外面下雪了，下意识地抬起头看了一眼窗外，发现外面阳光灿烂，没有丝毫下雪的迹象。看到阳台上挂着的腊肉，蓦然想起时间已是岁末，预想中的一场漫天大雪，没有如期到来，我想朋友一定想念雪了。

朋友是一个诗意的人，一场雪，就是雪在人间盛开的一场纷繁的花事。根据我与他多年相交的感情，大致可以猜出，若是雪天，他会邀上我和几个知交好友，选一个僻静的地方围坐一起喝酒聊天。酒至半酣时，一定会搂抱着走到雪地中，洒一地孩子一般的笑声。

或许是心意相通，我也想念雪了。若是在往年，一场雪早就纷纷扬扬地盛开过了，一朵，两朵、三朵、无数朵的雪花，在屋顶上、树枝上、草地上，还有无垠的麦苗上热热闹闹地盛开着，美丽的靓影袅娜地收藏进我手机的相册里，被我写诗赋文发在我的朋友圈里圈粉了。今年的雪似乎特别繁忙，在全国各地巡演着，日程排得满满当当，在我生活的周边城市雪花都盛开过了，也许是我居住的县城太小，雪花路过时没有看到，错过了。我不能埋怨，也无法埋怨，只有坐在电视机前，在新闻里观看雪花盛开的情景。

去年寒冬的一天，下了一夜的雪，第二天早晨，我一个人步行到双湖公园赏雪，一朵朵洁白的雪花盛开在杨树、樟树、榆树的枝头，正如唐代诗人岑参所言，"忽如一夜春风来，千树万树梨花开"。而在树上，鸟儿从这一个枝头跳到另一个枝头，歪着头唧啾鸣叫，仿佛是在一边欣赏着雪花，一边啧啧地点头称赞。我忍不住用力摇了摇树，雪花簌簌地飘落下来，盛开在我的头发上、衣服上，还有几朵开在我的舌尖上，凉凉的，甜甜的，我仿佛尝到了春天的味道，冬天快要过去了，春天已伸手可及。

雪花似乎就在我的眼前盛开着，世界白茫茫的一片。思及此，我仿照仓央嘉措的情诗，在朋友的帖子下面写了一句评论："你念与不念，雪花就在那里，不增不减；你见与不见，春天就在那里，待到来年，雪花一定会开。"写好最后一个字，我顿时心念通达，一时间没有了纠结，没有了遗憾。雪无论开在哪里，或者开与不开，只要喜欢，总会有一场雪纷纷扬扬地开在心里，盛开成你我各自喜欢的样子。

即便这样宽慰自己，但我终究还是希望能够下一场雪的。到了农历大年三十，在大门上我没有贴上单位送的那副对联："吉祥全家福，如意喜临居。"它虽然是敷着金粉，看起来富丽堂皇，但是我不喜欢，机器流水线上生产出来的文字，没有灵魂和温度，不能表达出我心中的所思所想。于是，我着手磨墨写了一副对联贴在门上——"瑞雪兆丰年，红梅报新春"。看着墨香流淌的文字，心中不由欢欣起来。心中有雪，何处不飞花呢。

新年来了，又过去了，就像夜晚绽放的烟花，绚丽过后很快归于平淡。

我以为我对于雪的挂念已经释然了，但在我的心中还是藏着一点小小的希冀，偷偷地期盼着，雪能够像春夜的喜雨一般悄悄地潜入梦中，待我醒来时突然出现在眼前，给我一个不小的惊喜。

那天早上醒来，我习惯性望了一眼窗外，高至窗外的树冠上原来是光秃秃的一片，而眼下居然是一片耀眼的雪白，盛开着大朵大朵的雪花，恍惚间，我疑是在梦中。

雪！真的是雪吗？我有些不敢相信自己的眼睛，兴奋之余，等不及穿衣，直接翻身下床，推开玻璃探头张望。对，是雪，不仅是雪，而且是大雪。冷冽的寒气扑面而来，侵袭着我的全身，但我一点也感觉不到冷。"昔我往矣，杨柳依依，今我来思，雨雪霏霏。"《诗经》中一句诗顿时脱口而出，望眼欲穿的雪，在年后姗姗来迟了。这雪，还是最懂得我的心思的。

从楼上向下看，雪仿佛是树冠上开满了，装不下了才泻落下来的，然后在地上一路漂流漫溢，徐徐盛开在广场上，还有在石凳上、水泥桥上，小车顶上，低矮的植被上……高高低低的，仿佛错落有致的一个个小土丘，然后再垂落到穿过小区的小河里，连绵成一片雪白的花海。看起来虽然没有毛泽东诗词《沁园春·雪》里"山舞银蛇，原驰蜡象"的壮观，但是也有着一种别样的妩媚。我喜欢这样的景色，在居民生活的小区，要的就是这一种暖暖的温馨，充满着人情人性的景观。

有小孩在雪地上奔跑，穿红的是女孩，穿蓝的是男孩，他们穿

雪花盛开的春天

着高高的靴子，在雪上描出一个又一个的图案，这是他们心情版图上的插画，一眼看上去，就知道他们心里想着的是什么，嘴里叫喊着的是什么。没有什么比一场雪的盛开，更让孩子们觉得开心了。

我站在楼上能清晰地听到他们欢快的叫喊声。我有些怀疑，那些从树上接二连三落下去的一朵朵雪花，仿佛不是风摇落的，而是孩子们的叫喊声发出的指令，让雪花主动跳落下来的。雪花也愿意默契地配合着孩子们，毕竟孩子们在此刻也是盛开在雪地里的花朵。

一阵寒风吹来，我冷不丁地打了寒颤，忽然，我脑海里泛起一个念头，如果孩子们看见我穿着单衣站在窗前忘情地欣赏雪景，他们会不会与麻雀、喜鹊们进行一场密谋，让它们将屋顶上的积雪奋力一推，猝不及防地下一场雪，钻进窗子落在我的身上，在我露着的肌肤上盛开后，化作一滩冰凉的冷水。那时孩子们看着我一脸哆嗦的样子会不会嘲笑呢。

我连忙回到床前，匆匆穿起衣服下楼，雪花对我有着一个善意的邀请，我也不愿意错过这样的雪花盛开的日子，盼雪也已经好久了，这一次我不会擦肩而过，还要打电话给朋友，让他赶快出门踏雪寻春，告诉他我这里有一处绝妙的赏雪好去处。

小区里就有一株梅花，去年我曾经在朋友圈里发过图片，今年这一株梅花也应该开了，不是这一场雪，我还真不一定能够想起它。在绿化带一个角落里，我再次遇见了它，它散发着隐隐的暗香，小小的黄色的梅花外面裹着厚厚的雪，梅花芬芳成了花蕊，雪花美丽成了花瓣，这样巧妙的组合，我不知道是梅花成全了雪花，还是雪花成全了梅花。"梅须逊雪三分白，雪却输梅一段香。"静静看着雪花裹着的梅花，觉得这两句诗大概能够做出最好的诠释，梅花和雪花应该是相互成全的。

我一个人在小区里专拣人迹罕至的地方走着，只有这些地方的雪花才是静默开无主，才能真实保留住雪该有的样子。这样的发现可能不是我所独有，我看到白色的雪地上，居然已经有了一串串梅花、竹子的脚印，大概是小猫或小狗的脚印，或者是一些不知名的鸟儿的脚印，它们已经先于我抵达了雪花盛开的春天。

雪花盛开的春天

声声鸟鸣入我耳

新一天的光亮仿佛是一把凿子，一下接着一下凿着，蒙在我眼前的夜的黑，蛋壳一样渐渐地破开一道口子，光线慢慢透进来，揭开了梦纱。我徐徐睁开眼睛，怔怔地看着白色天花板。我的睡眠比较浅，睡觉前喜欢将窗帘拉得严严实实，梦里受不得干扰。我躺着好一会儿，才慢慢转动着眼睛向着光亮处看去，窗帘拉开着，大概是昨夜忘记拉上了。

我看到窗外是朦朦胧胧的，外面的世界不够真切，还没有完全醒来。小区里难得如此安静，没有车马喧嚣和人声鼎沸，我安静地躺着，什么也不想，什么也不做，身体完全放空。此刻，我的感官是敏锐的，慢慢地听到窗外风翻动树叶，那声音是细碎的，几不可闻。我还听到一声两声鸟鸣，声音时高时低，有时响亮清脆，仿佛是有人在随意校正着乐器的琴弦，没有曲谱，因而也没有规律。清晨的小区，路上空旷而安静，人的心思行动单纯，静静地卧成一个声呐，把这些新鲜的声音都收纳了，放进了每一扇窗子。

　　我比小区里大多数的人要幸运，早早地醒了，没有紧要的事要去做，坦然躺在床上，用耳朵接收着这大自然的声响。这个小区建成时间不久，绿树和植被还不繁密，树都还没有长成，树干只有手臂粗细，树冠也只是和大遮阳伞一样大小，还不足以让鸟儿们在其上安居。我也只是零星看到有一两个鸟巢，他们的"小区"还远未建成。凭着稀稀落落的鸟鸣，想要组建起一支宏大的交响乐队，还要再等几个春天。枝繁叶茂的时候，自然会有更多鸟儿迁徙过来，在小区的树上筑巢安家、生儿育女。欲听鸟儿的合唱，我还要耐心等待。

　　当然，小区里鸟鸣稀少，也有好处，不嘈杂、不繁密，对于早晨耽于睡眠的人来说是福音。一声或两声的鸟鸣，反而在清晨增添了静谧，"蝉噪林逾静，鸟鸣山更幽。"这样的意境于我也是喜欢的。我躺在床上而脑袋清醒，睡意全被一声或两声的鸟鸣赶走了，但是我却生不出一点憎恶的情绪来。偶然一次的早醒，更能让我发现平时忽视、错过的美好。我静心倾听着，一声鸟鸣响过，便期待下一声，若是没有响应，反而有一丝失落。在我内心里，鸟鸣仿佛是与我相约过的。

　　一声鸟鸣和另一声鸟鸣之间，没有固定的时间间隔，也没有什么规律可循，不像钟表的指针那样嘀嘀嗒嗒的精确，但正是这样的没有规律，使得鸟鸣声更具有了诱惑，让我在等待中不断收获惊喜：本来以为一声鸟鸣之后，隔了挺长时间不会再响起，却又在我不再惦念的时候骤然而至，期待、失落、惊喜的心情反复交替，那种感觉让我迷醉。我竖起耳朵倾听着，天色在声声鸟鸣中渐渐亮起来，不知不觉间太阳爬上了窗台，我在床上再也躺不住了。我想知道一声或两声的鸟鸣来自哪里，趿拉着拖鞋到阳台仔细观察一番，楼下的矮树上没有发现鸟巢，树下低矮繁密的草木上更不会有。我猜想，鸟鸣说不定就藏在茂密的枝叶里，或者其他某个不易发现的角落。

又是一个静谧的清晨，忽然，我听到有"咕"的鸟鸣声，不是远处传来的，应该就在不远处。我寻思着，是不是那天寻找得不够仔细，错过了与鸟巢的相遇。心里这样想着，就格外地期盼天快一点亮起来。当我再次趴在窗台上向外看时，再次失望了，矮树包括矮树下的草木里，依然没有一丝踪迹。我没有气馁，既然有鸟鸣，鸟巢肯定就在某个地方藏着，只是没有发现而已。不甘心、有点倔犟的我，再次下楼，捡拾了一根树枝，在草木里拨弄寻找，仍然没有任何发现。

我悻悻地回到楼上，趴在窗台上默默地看着楼下，希望能够出现奇迹。正当我出神的时候，似乎又听到"咕"的叫声，我迟疑了一下，开始寻觅起来，没有发现鸟的身影。我以为是太喜欢鸟鸣了，出现了幻听，就在准备放弃寻找的时候，又听到了"咕"的一声。这一次听得非常真切，我确定绝对不是幻听，而且声音大致可以定位，近在耳畔。我把目光从远处收回来，循着声音发出的方位用心探寻。这一次，我真的看到了，有一只鸟藏在窗台外面，具体地说，是在窗台与空调外挂机间的角落里。这一只鸟羽毛是灰色的，根据大小及我听到的声音，可以判定应该是一只斑鸠，它安静地伏着身体，身下有一堆枯草和树枝。原来不知在何时，斑鸠利用这一处小小的空间筑了巢。若不是它的叫声泄露了影踪，我真还难以发现这个秘密。

我探着身子够着头看着，与斑鸠四目相对的那一刻，我察觉到了它的不安和恐惧。它挪了挪身体，张了张翅膀，扭着头看着我，眼睛里满是警惕，对着我"咕、咕"地低声叫着。或许我的举动过于唐突，已经吓着它了。站在它的角度，我是一个贸然的闯入者。看《动物世界》了解到，每一种动物都有强烈的领土意识，若不是我的体型相对于斑鸠过于庞大，在它绿豆大小的眼睛里近乎于神，说不定斑鸠会立即腾空飞起，提起锋锐的爪子，张开尖尖的喙冲我扑过来，展开殊死搏斗，或将我远远地驱离。

我不想让小小的生灵产生误会，连忙轻轻地向后退了退，与其保持一段距离，不去打扰它安宁的生活。斑鸠发现我并没有恶意，紧张不安地伏下了身体。

不过，就在斑鸠张开翅膀的刹那，我惊喜地发现斑鸠的身下卧着两枚白色的鸟蛋——斑鸠已经在这里安家落户，与我成了紧密邻居。清晨，我听到的鸟鸣声，应该就是这一对斑鸠夫妇发出的，看来要不了多久，鸟巢里会多出两只小斑鸠，那鸣叫声将会把鸟巢充盈得满满，洋溢到我的卧室。在后来的日子里，我们各自安好。斑鸠每天会送上"咕、咕"的鸟鸣唱，我把这种声音当作它们在向我问好，隔着窗户玻璃送上问候的目光。渐渐地，斑鸠对我没了戒心，我开始相信，斑鸠在清晨的鸣叫是有心而为，它们在我的窗下筑巢做窝、生儿育女，总有一天会掩藏不住，不如主动示好，让我慢慢地接受它们，成为互不侵犯甚至相望互助的好邻居。

不久，两只肉乎乎小斑鸠便出生在鸟巢里，整天张着嘴讨吃要喝，斑鸠夫妇轮流来回哺育它们。鸟鸣也跟着小斑鸠的身体成长而一天天响亮壮大，叫声越来越频繁。无论是在我休息时，还是我在房间里忙碌时，鸟鸣都会翻过窗户，一声不落地飘进房间里，漫溢了我的耳朵。一窝鸟鸣就这样风雨无阻地住进我耳朵，日日欢腾，天天鸣唱。

声声鸟鸣入我耳

柴门犬吠

"日暮苍山远，天寒白屋贫。柴门闻犬吠，风雪夜归人。"

深夜读诗，偶然翻到诗人刘长卿的《逢雪宿芙蓉山主人》，心不禁揪了一下，没来由地痛起来，再也没有心情继续读下去，悄然掩卷，从书本上拾起目光，对着窗外，作无意识的探寻。楼下虫鸣声声，灯光黯淡，茫茫的夜色升腾着，薄雾一般从窗外涌进来。我默然闭上眼睛，耳畔遽然响起一阵猎猎犬吠，一场漫天的雪悄然席卷过来，将我层层淹没，犬吠声起初很远很轻，然后渐渐清晰响亮起来，只是那吠声比雪夜里零下温度还坚硬、还冰冷，霰弹一般在我的耳朵里横冲直撞，撕扯着我的神经……我是想起了那只狗，它在一个雪夜里永远地消失了。

狗，是一只黄色的土狗，我儿时忠实的玩伴和护卫，狗名叫阿黄。是我父亲起的。父亲见过世面也有点学问。平时，阿黄跟着我一起玩耍、一起村子里东游西窜，若是有小伙伴欺负我了，我就狐假虎威地手一指说，阿黄，去咬他。阿黄就会作势伏下前爪，呲着牙低吼着作凶狠状，有时还会突然吼叫几声："汪……汪汪……"声音有点吓人。小伙伴们就会拱手连忙求饶，这招式屡试不爽。最让我欢欣的是，每次放学回家，阿黄不知是闻到了我的气息，还是远远地看见了我，就一溜烟似的奔跑过来，在我前后左右跳跃着，仿佛是跳舞，完成一种庄重的欢迎仪式。末了，还将前腿抬起来搭在我的肩上，鼻子在我的脸上嗅来嗅去，似乎我的身上藏着它喜欢的美味，或者我在路上可能沾染上了不干净的东西，它要替我清理一下，不给我留下任何隐患。

这样温馨和谐的画面，并没有能一直持续下去。一天放晚学归来，阿黄没有奔跑着迎接我，看不见了熟悉的身影，我的心突然空荡荡起来，似乎少了些什么。我大声呼唤着阿黄的名字，阿黄也没有出现，我的步伐似乎也沉重起来，短短一个田头的距离顷刻之间变得那么遥远，怎么也走不到尽头。我一边勾着头四处寻找，一边胡思乱想，是不是阿黄躲在路边草丛里与我捉迷藏，或者出去玩耍把我忘记了？我设想了很多种可能。

没有阿黄的陪伴，冷清了许多，我失去了写作业的心情，追问母亲，母亲说阿黄中午就出去了，说不定晚一点会回家的。我也安慰自己，阿黄不会离家出走，一定舍不得我这个好伙伴，可能真的是迷了路，或者生病了，没有力气跑回家，一个晚上我都在迷迷糊糊地想着。

第二天，一场铺天盖地的大雪猝不及防地袭击了村庄，整个乡村白茫茫的一片，原本我是很喜欢雪的，而现在却一点高兴不起来。去年下雪的时候，我就是牵着阿黄奔跑，在野地里追逐野兔，雪地上种下一行行杂乱的脚印，洒下一地的欢乐。只是今年阿黄不知何处去，大雪依旧笑寒风。我试图在雪地里寻找去年阿黄留下的脚印，却是遍寻无踪迹。想起这大雪飘飘的天气，阿黄流落在外，没有吃的，也没有住的，一定是饥寒交迫，奄奄一息地蜷缩在某个角落里凄凄地哀鸣，等着我把它领回家。傍晚放学归来，阿黄依然没有出现，我失去了耐心，再也坐不住了，求着母亲带上我出去寻找。

夜色渐渐铺过来，天和地连接到一起，笼罩在一片雪白里，树、村庄、田野、高高的草垛……村庄里，一切都是那么清晰，我跟随着母亲的脚印，深一脚，浅一脚地走着，脚踩在雪地上"吱、吱"的声音，是一只只在夜晚天空中活动的飞鸟，穿越整个村庄，巡视每一个旮旯角落里，企图捕捉出阿黄所在的位置；树上的雪站得高看得远，也簌簌地落在我头上衣服上，试图向我透露阿黄的消息。这些注定都是我一厢情愿的想象。我和母亲在推开一扇扇亮着灯光的木门之后，依然没有得到一丝关于阿黄的消息。阿黄似乎已经深埋在这厚厚的雪地里了，风掩盖了任何蛛丝马迹。

夜，更冷了，寒气从四面八方包围过来，呼吸一下，鼻子都感到疼痛。脚下的靴子似乎都冻结成了厚厚的冰块，沉重得就像一块铁，每次从雪地拔起来，似乎都要耗尽全身的力气，我拉着母亲的衣襟艰难地行走着，不敢松手……如此寒冷的夜，往日里没有这样的夜行经历。挨家挨户地敲门，依旧没有得到我们想要的信息，我和母亲几乎要绝望了。后来听一个村民透露，隔壁村庄的人有偷狗吃狗肉的习惯，可以去那儿找找。彼时，我的心一下揪了起来，和母亲慌忙赶过去。我一边走，一边默默祈祷，阿黄是被好心人收留了，只是雪大暂时被关了起来，阿黄没事，没有被棒杀，没有成为雪夜里果腹的食物。

夜越来越深，村庄里的灯火渐次熄灭了，我和母亲跌跌撞撞地走着，在一户还亮着灯火的窗下停了下来，屋子里隐隐传来了说笑声，还不时飘来酒肉的香味。在 20 世纪 60 年代末，乡下人家很贫穷，能吃饱饭已经很不错了，想到这我几乎要瘫坐在地上，阿黄可能真的……我不敢往下想了，母亲拉着我把门用力一推，破门而入，对着围着桌子正大块吃着狗肉的几个人大声质问。母亲做过村书记，在当地有一定的名望和威信。母亲的突然到来，满屋里的人一下子都怔住了，屋里的空气似乎也凝固了起来，坐在旁边的几个人低头弯腰，偷偷地从我身边溜走了，但是坐在桌子中间的几个"主犯"跑不掉。只见他们对着母亲做着各种赔礼的动作，我的耳朵嗡嗡地直响，听不清他们说了什么。

　　我不知道是怎么走回家的，也不知道母亲最后是怎样处理的。第二天，我病倒了，昏昏沉沉地躺在床上，浑身没有一丝力气，连续几天没有上学。母亲说我一直发着高热说着胡话。在心里，我恨死了那几个"凶手"，如果可以，我真想让警察把他们抓起来，让他们游乡、坐牢。以后一连好长时间，我都是恍恍的，提不起精神。每次走到家门口，我总是恍惚看到阿黄奔跑过来迎接我，像以前一样又蹦又跳，我忍不住大声喊阿黄，等我上前定睛一看，什么也没有，这才醒悟过来，阿黄已经从我的世界里彻底消失了，再也回不来了，眼泪哗地就流出来了，我常常是趴在床上哭着睡过去。

　　我陷入了对阿黄的无尽回忆，无法自拔。母亲看在眼里忧在心里，总是跟我想着法子让我开心，希望我能振作起来，走出心理阴影，但是我始终无法忘怀。过了一段时日，母亲让父亲又从外地抱回来一只小狗，凑巧的是，小狗也是黄色的，胖乎乎的，圆滚滚的，像一个小小的肉球，非常可爱，喜欢缠着我的脚后跟滚来滚去，一双眼睛透明清澈，仿佛会说话，我们给他起了一个名字叫小黄。平时，我走到那就带到那，生怕再次走丢，发生阿黄那样的悲剧。在我的监护陪伴下，小黄一天天长大起来，看着也有着一丝阿黄的神韵，冥冥之中，仿佛是阿黄以另一个身份重新回到了我的身边。

我渐渐开心起来，仿佛又回到从前的阿黄环绕左右的快乐日子。一天，父亲的一帮朋友们从县城又来我家做客。小时候我长得眉清目秀，很招人喜欢，照样，他们也带给我一些糖果饼干之类的食品，在我家，我和他们混熟了，玩得也很"投机"。正说话间，小黄从外面跑进来，他们见小黄养得肥肥的，对我父亲说，狗养这么肥，正好杀来吃，还说冬天吃狗肉是大补。刹那间，他们成了我眼中的陌生人，我仿佛看到他们的眼神锋利无比，闪着刀一样的寒芒，似乎只要一瞪眼，就会将小黄解剖成一堆血肉。我突然"哇"地一声大哭起来，想起了那个雪夜那些人吃狗肉的场景。我慌忙抱起小黄就向着外面逃跑——我要逃离这个家，再也不回来。他们惊呆了，父亲被吓着了，他知道他们的话刺激了我，刺痛了我心灵那块未愈的伤口，连忙追出来抱着我，向我解释说，叔叔们只是说着玩的，叔叔们保证以后再也不会开这样的玩笑。并告诉我他们家的小孩也喜欢狗，和狗是形影不离的好朋友。但是不管怎么解释，也消除不了我心中的芥蒂。

恍惚有狗叫声从窗子里传过来，我从沉思中抬起头来，准备起身出门去寻找。忽然想起这是在城里，怎么会有狗，就是有狗也是宠物狗，养在家里，即使偶尔出门遛弯，也是被绳牵着，没有自由，没有自己奔跑撒欢的天地。这不是我想要的，这也是我们家为什么这么多年来没有养狗的原因之一。我心里有一个排之不去的困扰，总是担心狗会不小心走丢了，成为别人鼎里的美食，重蹈儿时的覆辙。对于网络上炒得热火朝天所谓的狗肉节，我实在不喜欢，有些耿耿于怀，狗是人类的伴侣动物，忠诚地陪伴人类，殴打虐待杀害并食用狗肉是一件非常残忍的事情。令我宽慰的是，社会各界人士中出现了许多爱狗人士，爱狗甚至宠狗已得到多数百姓的认同，而我心中又重新燃起了希望。

我无法左右别人的思想，但我希望有这样的一个"世外桃源"，人与狗和谐相处。我规划的退休后的生活，在乡下有一间房子，门前有河，屋后有田，绿树环绕。"暖暖远人村，依依墟里烟。狗吠深巷中，鸡鸣桑树颠。"怡然躲进陶渊明《归园田居》的诗中，布衣陋巷，携妻子听柴门犬吠，安然享受乡村生活。

爬着苔藓的书屋

那时小城很小，用小城人挂在嘴边的一句话来形容：只有巴掌那么大。街道就像手心的掌纹，掰着手指都能数过来，只有四五条。街道逼仄，房屋低矮，马路上汽车稀少，甚至连骑摩托车的也很少，人们大多骑自行车出行。

走在马路上，撞见熟悉的面孔，都以笑脸相对，说不定彼此还沾亲带故呢。小城里的人常在一个市场里买菜，或在一个早餐店里遇到，每日的生活悠然自得，似乎一切都很慢。

我进城生活的时间也不长，蜗居在大桥下面的小平房里，是单位分配的公房。因为离单位不是太远，骑自行车几分钟就到家了。如果遇到时间充裕，我喜欢慢慢沿路走，要不了半个小时就到了。我很享受这走路的过程，不时遇到熟人点头、打招呼，或者干脆停下来闲谈几句，说一些朋友圈里的新闻：谁家新买了一辆车，或者某个老邻居的儿子谈了女朋友……这些话题永远是新鲜的，让人觉得生活每天都在变得更美好。

　　我习惯一路看风景、观察风土人情。对于小城来说，我是进城不久的外来人，一切都需要慢慢去熟悉。那时，我在单位从事文字工作，写一些新闻稿件，也写一些思考人生后形成的"豆腐块"，也常在当地报纸上露脸。走路上班，是我难得的采风机会。

　　我最喜欢走的是一条老街，街上的居民早先就生活在这里，对那时还没有开发高楼大厦的小城来说，老街的人气最兴旺。人们在街道两侧经营起各式各样的店铺。有服装店、粮油店、布店、各色小吃店等。当然，这些并不是特别吸引我的地方，我留恋的是十字路口拐角处那一家书屋。在那个年代，买书回家读是一件很奢侈的事。那个书屋不大，大约二十平方的样子，当门横着一个小小的柜台，靠墙放着一排木柜，上面整整齐齐地摆放着一本本书和杂志，靠门的墙上挂着一张金属网格，一半伸出屋外，一半缩在屋内，上面夹着当天的报纸，像招徕顾客的幌子，吸引着过往行人，有一天骑着自行车路过这里的我，就被这样一个幌子招了过去，后来就喜欢上了这个书屋。

　　站在街道上，从外面向书屋里面看，书屋不像相邻的花店、服装店那样光鲜亮丽、引人。书屋在色调上是暗淡的，我甚至在墙角处看到一小簇苔藓，沿着地砖一直爬到斑驳的老墙上。只一眼，那些苔藓就仿佛沿着地砖长到我的脚边，慢慢爬到了我的心头，并渐渐扎下根来，葳蕤出繁盛的"枝叶"。

　　"苔痕上阶绿，草色入帘青。"我忽然想起刘禹锡的《陋室铭》，在墙角处长出这一小簇苔藓真是恰到好处的，巧妙地营造了静谧的氛围——读书本应该远尘世离喧嚣，我一直很固执地认为。

　　我抬起脚轻轻跨进书屋，眼前顿时一亮。在这里，我发现了单

爬着苔藓的书屋

位里没有的书籍和杂志，除了有市面上流行的生活类杂志《莫愁》《幸福》等，还有一些文学杂志《人民文学》《诗刊》《小说选刊》《散文选刊》等。这些正是我所需要的，可以给我这个爱好文学者以滋养，让在写作这个行当中正迷茫的我看到努力的方向。

046

因为我高中毕业后就走上工作岗位，没有机会系统学习文学及写作。我像一个行走沙漠的旅人，突然看到一片绿洲，满怀希望地奔跑了过去。

书屋里人不多，只有几个年轻的男女，各自占据着一角，捧着书静静地在看。我挑选了几本小说和散文杂志，在柜台前准备结账时，才发现柜台前没有人，走到门口来回张望了几次，也没有发现人。我站在门前叫了一声，书屋里面走出一位捧着书的小伙子——看样子，他就是书店的老板了。在我看来，这样一个老旧书屋，老板应该是一个中年人，或者是一个退休的老年人，不适合干重体力活，开一间书屋打发时间，没想到竟然是一个小伙子。小伙子高高瘦瘦、白白净净的，鼻梁上架着一副眼镜，一看就是一个文弱书生。但他浑身透着儒雅气质，眼镜片后面的双目清澈明亮，人看着就生出几分喜欢。

这样幽静的书屋，这样儒雅的小伙子，我一下子就喜欢上了这里。后来去书屋的次数自然多了起来，我和小伙子也就热络起来，知道他开这家书店，完全是因为喜欢读书。没有考上大学，找不到合适的工作，在家人帮助下盘下了这间书屋，既能挣钱糊口，又满足了自己的爱好。我注意到常有漂亮的女孩子来书屋，我猜想其中有一个是他的女朋友。我试探着问了，小伙子笑笑，不置可否。后来我听人说，常来找小伙子的女孩子，虽都蛮漂亮，但小伙子一个都没有看上。我留意到，常来书屋的女孩子的确长相不凡，出于一个写作者的敏感，我觉得这里面应该有故事。于是，我写了一篇小文章，赞扬这位爱读书的年轻人，还特意写了那墙角下爬着苔藓的小书屋，投给了小城的广播站，很快便播了。

某一个雨天，单位的工作不忙，我突然想到老街上走一走。我撑着伞在雨中慢慢地走着，路上行人稀少，大多数店铺都关着门，想起戴望舒的《雨巷》，这条老街也有着雨巷的味道，漫步此间很有诗意。在老街上，雨中的书屋，此刻，应该美得像一首婉约小诗，那书屋墙角下的苔藓，应该又多了些，在墙上又爬高了一些。想到这里，我情不自禁地又走到了书屋。

书屋照旧冷清，只有一位姑娘坐在小伙子旁边捧着书细读。看到我进来，小伙子连忙站起来打招呼，他递上一包喜糖说要谢谢我。我不禁发愣，不明就里。小伙子连忙拉着女孩子的手，介绍说是他女友，而且已经定亲，我的那篇文章，给他们牵了红线，让他们穿过小城的南北，相识、相知、相爱，最终走到了一起。

原来，女孩也热爱读书，在广播上听到我写书屋的那篇文章，便觉得小伙子是一个有意思的人，自己过来主动找到了书屋，几番来往，他们就爱上了对方。

我偷偷打量了一下眼前的姑娘，相貌没有以前来书屋的那些女孩漂亮，个子不高，扎着长长的辫子，朴素中透着清秀，小家碧玉的温润气质。我悄悄问小伙子，为什么会喜欢上她。小伙子指了指墙角的那一簇苔藓说，她第一次来书屋的时候，就一脸惊喜地盯着苔藓看，很是喜欢……以前来这里的女孩子，都认为那苔藓不好看，都建议他早点铲掉。他从她的表情可以确认，女孩就是他一直想找的那一个人，他们有着相同的爱好和志趣。

小伙子认为，爬着苔藓的书屋是安静的，衬托出浓浓的书香，每一个走进书屋的人，才可以在这里找到难得的诗意——小伙子居然还是一个诗人！

雨，继续下着。我觉得应该早一点离开，不要去打扰他们，将这样浪漫的雨天，交给一对热爱读书的恋人更好。

走出书屋的时候，我回头看了一眼低头读书的他们，又看了一眼墙角下苔藓，好像又大了、绿了一些，沿着墙砖爬高了一些。滴滴答答的雨声里，我恍惚看到苔藓爬满了书屋，渐渐遮盖了这一条老街。小伙子，此刻应该在一遍遍地吟诵着戴望舒的《雨巷》，那个女孩，就是他的丁香一样的姑娘。

生命的树

在恶劣的生存环境里，每一棵幸存下来的树，都是一面旗帜，都有着传奇一样的故事，它们之所以能够世代繁衍，是因为它们秉承独特的生存技能和法则，从而使生命俯仰生姿，呈现别样精彩，或许这正是我们需要仰望和膜拜的地方。

一

在南美洲的森林里，生长着一种矮小的树，叫作卷柏。它们一生都在路上，不停地奔跑迁徙，寻找肥沃而又温润的土壤，从不放弃自己的梦想，希冀着有一天能够摆脱宿命，能够像森林里大树一样，枝叶婆娑，挺拔雄伟，从此不再漂泊，能够守住脚下的一方家园，过上安定祥和的生活。

这一年的夏天，季节的钟摆和往年一样，一年一度的干旱缺水的日子按时到来了。

烈日高悬在没有一丝云彩的天空里，火球一样熊熊燃烧着，又轰隆隆地垂落下来，长车一般辚辚地碾压过森林，似乎要焚毁一切。已经有很长时间没有下雨了，森林里本来长势茂密的草木，因为失去水分的滋养和恩泽，渐渐枯瘦变得稀疏，加上饥饿的动物们疯狂地啃食，再也无法生长出新的来，很多地表已经光秃秃，动物们的蹄足踩踏上去，随即就卷起一圈圈烟尘，然后又无力地落回到地面，似乎无奈地宣告着一场曾经轰轰烈烈的繁华落幕。

森林里，干燥的空气里似乎弥漫着躁动不安的气息。草木干枯、河流干涸，动物们失去了水源和食物恐慌起来，到处可以看到一个一个的动物族群聚集到一起，秘密地商量着随时准备迁徙离开家园，重新寻找水草丰茂的地方繁衍生息壮大族群。

赢弱的草木也不时地透过路过的风传来的信息，蠢蠢欲动，但是它们的根插在泥土里，已经没有力气拔出来，让自己蜕变成为可以行走的脚，跟着动物们一起迁徙。

只有大树安定地站在森林里，它们的根深栽在泥土里，可以从地底的深处汲取水分，或者在夜间抽取空气中的水分解决眼前的困境，不用担心枝叶枯萎陷入永久的沉眠，只需要耷拉起叶子，放低姿势接受太阳火热的蒸烤，耐心地等待雨季的再次来临，重新长出一树的风声和鸟鸣。

日子是一天比一天更干燥了，失去水分的泥土大片大片地变成了灰白色，似乎抓一把空气，用力攥一下，都会碎成细碎的齑粉，从指缝里纷纷扬扬地飘落下来。

森林里，躲在大树阴影下面矮小的卷柏们，再也无法从泥土里吸收到一丝水分，饥渴着，努力站直着的身体，不敢轻易地倒下，或许一倒下，就有可能永远站不起来，只有等待一把野火烧成灰烬，化为动物们蹄足下飞扬的尘土。空气中翻腾着令人窒息的热浪，它们已经无法正常地呼吸了。生，还是死？只是一念之间。

沉重喘息着，相互激励着，无论卷柏们求生的欲望多么强烈，还是无法阻挡天气的炎热，打动天边的流云带来雨水，赐予一丝生机。风吹起泥土表面的浮尘，卷柏们根系渐渐开始裸露在空气里，暴晒在太阳底下，水分的流失开始加快。它们深深眷恋着脚下这片土地，也想和大树一样把根留住守护家园。但是它们太柔弱了，太微不足道了，洒下阴凉庇佑它们的大树就是愿意引领它们，也无法把它们的根扎到地底更深处，汲取着地底深处的水分，从此不再漂泊。

迁徙！迁徙！跟随动物们的脚步迁徙，被太阳晒得心浮气躁的卷柏们眼看着动物们迁徙的背影，发了声嘶力竭的不甘的呐喊，它们再也不能忍受脚下这片土地的干燥和贫瘠。即使这片土地曾经哺育过它们，喂养过它们，给过它们无数的恩惠，它们仍然固执地要去寻找能为它们提供更为广阔舞台的沃土。生活过多少个日夜的故土，不得不放弃，选择背井离乡，再次回望一眼脚下的土地，卷柏们终于做出了抉择。

断须，拔根，卷曲……卷柏们不再犹豫，一咬牙果断切断了身体与土地的脐带，再见了，故土。身体深处的一阵虚弱潮涌般席卷而来，若是精神一放松就有可能颓然跌倒在地，忍着痛把一声惨叫死死地咬在嘴里，忍着不大声叫出来，慢慢地把身体蜷缩成一个圆球状，自己抱住自己，安抚一下虚弱的身体，努力恢复着力量提升精神，准备启程。

森林里有风吹来，又轻又圆的卷柏们仿佛听到了号令，在地面

生命的树

上滚动起来，开始寻找和迁徙，踏上漫漫的充满凶险的征途。在迁徙的路上，卷柏们不得不面对随时都有可能出现的死亡和风险。它们有的被风吹到天上，挂到树上渐渐地风干枯萎，像搁浅的风筝一样等待腐烂；有的被风刮到公路上，车轮把它们碾成了粉末尘埃；有的被风推到村庄，调皮的孩子们把它们当球踢……

不幸还是有幸呢？有一棵卷柏在迁徙过程中掉队了，由于赶路太匆忙，它的脚步被绊住了，困在原处不能再动弹，冥冥之中宣判了它的命运——等待死亡。它流泪过、哭泣过、哀叹命运的不公平，但是这些都无法改变什么，心中的一丝不甘，让它不敢有丝毫懈怠，耐心地留在这里，抓住一切可能的机会苟延残喘着，默默地等待着，等待脚步失去羁绊的那一天，能够重新踏上征程，让一个长成大树的梦，在脚下继续拓展延伸。

星移着斗转着，斗转着星移着；年年岁岁，岁岁年年。时间一点点流逝，日子一天天远去。这一棵被羁绊住脚步的卷柏快要忘记时间了。忽然有一天，一个又轻又圆的卷柏在它的身边停了下来，仰着头羡慕地说，哇，好大的一棵树啊！一声尖叫，它睁开了蒙眬的睡眼，连忙转动着脑袋向周围巡查了一圈，没有发现一棵大树，于是好奇地问，大树在哪里啊？又轻又圆的卷柏一脸认真地对它说，你就是一棵大树啊。羁绊住脚步的卷柏连忙解释说，不要取笑我，我和你一样，就是一棵小小的卷柏，哪里是什么大树啊！

又轻又圆的卷柏噘起小嘴有点生气地说，我们卷柏没有你这么强壮、高大。话刚一说完就跟着一阵风跑远了，空留下一脸茫然站在原处动弹不得的卷柏。

卷柏很纳闷，自己明明没有说谎，为什么那一个卷柏还会生气呢。它不禁开始上上下下仔仔细细地打量起自己，羁绊不知什么时候已经没有了，而自己的根却虬结着深埋在土壤里，身体苗壮挺拔，高高地耸立在云天里。它一下子也惊呆了，不断地问自己，这还是我吗？这真的还是我吗？

卷柏家族无一不是单薄的，纤弱的，矮小的，而自己的样子俨然就是一棵顶天立地的大树，看起来一点也不像卷柏，也难怪那一个路过的卷柏不认识自己，原来是我错怪了它。

一阵风吹过来，这一棵卷柏轻轻摇了摇身体，发现自己站得特别的稳，无论多大的风都不能把它的根从泥土里拔出来。卷柏不禁哗哗地翻动起叶子，陷入了沉思。想想这些年，为了生存，为了活下去，吃了那么多的苦，受了那么多的难，不断将自己的根往深处扎，不想到越往越深处扎，水分营养就越充足……

卷柏忽然间感到自己真有些庆幸，若不是脚步被羁绊住，自己还会像其他卷柏一样，一生都在奔跑寻找的路上，直到老死也发现不了，自己所追寻的沃土其实并不在远方，而就在看似贫瘠的脚下。

二

一滴接着一滴的雨水落下来，像一颗颗呼啸的小石子砸向地面，吧嗒、吧嗒……顷刻间，摔得粉身碎骨，化作飞扬的水花腾飞而起，又瞬间消失不见，好像从未出现过一样。但是雨水击打地面的声音，真切分明，响亮宏大，在空气里久久不绝地回荡着、震颤着，振振有词地宣告着，雨水在下，在下，在下……

新疆塔克拉玛干沙漠已经很长时间没有下雨了，连绵起伏的金黄色沙坡是布满皱褶的皮肤。沙漠里仿佛有一张嗷嗷待哺的嘴，每一滴雨水刚落下来就急不可耐地被吮吸殆尽。

此刻，雨水的声音就是一支好听的打击乐曲，叮叮淙淙地演奏着压抑已久的欢呼，也是一声声打动人心的深情呼唤，隆重欢迎着生命的蓬勃回归。沙漠里那些蛰伏已久的沉睡着的生命，在天上、在地上、在地下，以一种迅雷不及掩耳的速度，把雨水到来的消息及时发布出去，唱响生命的赞歌。

一切的一切，都在等待着这一场雨水的浇灌，一株小小的胡杨树也不想错过这一次机会，及时地苏醒了，抖一抖身上的灰尘，推开厚厚的沙尘，向着高处的天空奋力地奔跑，努力地抽枝，吐芽，泛绿……它要在这一望无垠的沙漠里，举起一抹属于自己的绿色，说出对蓝天仰慕和渴望；伸出枝枝丫丫，握住天边流云彩色的衣袖；洒下绿荫，留住鸟儿动听的歌喉，牵住小兽东奔西走的脚步，在背着行囊穿越沙漠的旅人眼里种下绿色和希望。

雨水很快停了，但留下来的雨水并没有立即消失，而是换了一个姿态留了下来。胡杨呼吸着空气中氤氲的水汽，汲取着脚下的水分，积极地向上生长着。

塔克拉玛干沙漠干旱少雨，下过一次雨以后，不知要等到什么时候，才会迎来第二次雨水的灌溉，谁也不敢轻易让脚步慢下来。或许就在下一刻，或者下一秒，生命会因为经受不住干渴迅速枯萎下去，戛然而止，成为一抔黄土，烟消云散。所有的生命似乎都在赛跑，努力使自己长得更大一些，更高一些，更强壮一些，让生命成为沙漠里一面鲜明的旗帜。

空气越来越干燥，呼吸到嘴里似乎都是太阳的味道。胡杨想要憋着气，不要这样的呼吸，但是却不能够，只好耷拉着叶子，无精打采地垂下头，双眼无神地看着和它一起生长的一棵小草，蔫蔫的，恹恹的，有气无力地趴在地上，茎上和叶上的绿色已经替换成了枯黄，无奈地索索抖动着，呼吸时断时续，生命的火焰忽明忽暗，似乎随时都会熄灭，胡杨大声呼喊着小草的名字，但是小草似乎睡着了，紧闭着嘴巴，没有发出回应。

时间一天天过去了，金黄色的沙就像一条奔腾不息的河流，不断地上涨着、漫溢着，爬上小草的叶、小草的头，渐渐将小草淹没，最终抹去小草曾经存在过的所有痕迹。胡杨目睹了整个过程，恐慌地看着无情的沙漠横扫着草木，吞噬着枝叶上一抹抹绿，摇落一片片叶，剥夺走一个又一个的绿色的生命。

有那么一刻，胡杨甚至怀疑自己在慢慢蜕变成一棵弱不禁风的小草，太阳点燃了枝和叶，熊熊燃烧着，身躯慢慢地衰弱下去，腰弯下来，膝跪下来，最终不得不向死神屈服。

生命只有一次，胡杨不愿像一棵小草那样，无声无息地死去，成为这一片沙漠上匆匆的一个过客。不屈的信念从心底升起来：顽强站立着，不要倒下去，就是死，也要保持站立的姿势，守住生命的尊严。

空气里的水分已经榨干了，又要回到干渴的艰苦日子里，胡杨只有选择向下，不断地向下，从地下寻找水，给生命一个活下去的希望。胡杨的根须使劲地向下扎着、钻着，在黑暗里漫漫探索着。

命运似乎并没有封死所有的路，胡杨发现向下深一分，水汽就浓一分。它在绝望中看到了一丝希望，越发不敢轻言放弃。

持续干旱，地下的水位越来越低，胡杨只有做着重复的动作，继续向下，不停地向下延伸根须，能汲取到的水越来越少，无论怎么努力，都不能喝到足够的水。对于胡杨来说，活着的每一天都是在煎熬。在痛苦难耐想要放弃的时候，胡杨总是提醒自己，既然上天给予生命，那么就要珍惜，不要留下遗憾，让生命点亮起该有的光芒。当那一天，生命最后一刻来临时，回忆自己的一生，觉得没有虚度，也没有辜负，每一天都活得精彩有意义。

向下，向下，继续向下。胡杨的根须开拓延伸着，发现水越来越苦、越来越咸，每喝一口都觉得是在将生命腌制起来。

如果长此以往下去，就会在岁月的长河里慢慢成为千年不腐的没有生命的木乃伊。胡杨不敢再喝了，憋着、忍着，坚持着向下，走了很远很远的路，仍然没有找到甜美的水。不喝，可能很快就会渴死，像枯萎小草一样，化为尘土；喝，同样可能失去生命成为木乃伊，但是最起码还有着一丝活下去的希望。

胡杨没有退路了，只有将这又苦又咸的水喝下去，维持着生命，继续寻找活下去的希望。胡杨将所有的苦和咸，生生地咽了下去，牙关紧咬，眉头紧皱，疼和痛像蚂蚁爬遍全身。胡杨一声不吭地挣扎着，笔直的树干虬曲起来，直立的细枝旁逸出来，叶子凋谢了，又长出来，再凋谢了……就这样反复循环着，无论怎样扭曲着身体，胡杨都坚持着不让自己倒下去，就像举着一把不朽利剑的勇士，不管身体上有多少创伤，流了多少血，都毅然挺立着。

送走了太阳，迎来了月亮，胡杨埋着头在黑暗的地底下穿行。一年又一年，那些陪伴胡杨一起成长的草啊，绿了又枯了，枯了又绿了；小动物来了又走了，走了又来了；枝头的歌声从高音变成了低音，又从低音变成了高音；身边的面孔走马灯似的，换了一茬又一茬。它们有的好看，有的秀丽，有的动听，有的悦耳……但是它们都没有挡住风沙侵蚀，就像天边的鸟影，飞过无痕，胡杨甚至都没有来得及看它们一眼，就永远地消失了。胡杨害怕，它不得不拼命将根须向下延伸，与死神赛跑。

这一天，一个长途跋涉的旅人累了、渴了，扶着胡杨休息，用刀在它身上挖了一口小小的洞，看着慢慢流出来的黄色的液体，轻轻嘬了一口后大声说，啊！真的是又苦又咸，但愿我也像胡杨一样，成为大漠里的英雄，"生而千年不死，死而千年不倒，倒而千年不朽"。这时，胡杨才发现自己想拼命摆脱的、腌制生命的又苦又咸的水，已经成为它成长的营养，铸就了它不朽的传奇。

三

一棵好看的树，应该是披上纷繁的叶子。那么叶子呢？该是青翠苍郁，一派葳蕤茂盛的样子。风，无论从哪个方向吹过来都能摇动，把碎金一样的阳光播撒得到处都是，耀人的眼。那姿态呢？婆娑、婀娜、黯然销魂，就像春天里彩色的野雉在山坡上跳舞，不需要音乐，就能牵走许多惊艳的目光。

非洲沙漠的深处，就有这么一棵小小的树，它的名字叫绿玉树，和许许多多的树一样，爱美，梦想着有一天长大，舒展着枝头，蓬松着树冠，等风一吹过来，就摇着头、扭着腰，在风中尽情地跳起舞，妖娆成沙漠里最闪亮的明星，把在沙漠上散步的动物吸引过来，仰着头羡慕地围在周围观看；把身边的草木的目光勾引过来，侧过头眼巴巴地瞅望；把天上飞过的禽鸟的翅膀网住，停在枝头，兴奋地尖叫欢呼——这些，都是它做梦都想要的。

绿玉树每天一睁开眼睛，就抬头看天，看湛蓝的天空里有没有乌云飘过来，那一片乌云蓄积着雨水，何时能倾倒下来，浇灌在它身上，圆一个枝繁叶绿的美丽的梦。

一朵白云飘过去了，又一朵白云飘过去了，一朵接着一朵的白

第一辑…那些景……

生命的树

云，在天上悠悠地飘过去了。它们列着队，连接成片，但是连一小块乌云都没有跑出来。绿玉树盼着，望着，抻长着的脖子都酸了。日复一日，真的是累了，只好无奈地低下头，呆呆地想着心思。

058

突然看到前面金黄色的沙漠上有一块阴影，一掠而过，虽然仅仅是一瞬，但是绿玉树心里还是蓦然一喜，抬起头朝天上看，天空依旧湛蓝、湛蓝的，干净就像抹布擦拭过似的，没有一片乌云，刚刚只有一只鸟从天顶上飞过，又消失到远方去了。绿玉树痴痴地等待着，换来的却是一次又一次的失望，谁也不能丈量出它心里的阴影面积。

这里是沙漠，干旱而炎热，期待一场雨水，本来就一件奢侈的事。所有的生命都在为活着而努力，一棵小小的绿玉树太小了，还没有经历生活的磨炼，一块小小的石头丢下的阴影，都有可能成为它的保护伞；一只撒欢的羚羊拉下的一坨粪便，都有可能成为它取之不尽的财富；一只路过的野牛撒下的一泡尿，都有可能成为解渴的甘泉……因此，小小的绿玉树一直枝繁叶茂，没有枯萎，久久地伫立着仰望着天空，耐心地等待着有一大片乌云路过，并停下来。

或许是被绿玉树的执着感动了，天上终于噼里啪啦地下了一场雨，绿玉树逮着机会，放开肚皮拼命地喝着，它要身体里储足雨水，向着梦想进发。

长高了一寸，又长高了一寸，一天天长着个子；一片叶子，两片叶子，一日日抽出绿叶。绿玉树从没有感到过如此开心快乐过，每天什么都不用去想，也不必去想，只管尽情地释放激情，努力地朝着天空生长，殷切地期盼着，某一天可以舒展开蓬勃的枝叶，在风中翩跹起舞。绿玉树坚信，只要给它足够的时间，梦想就会照亮现实。绿玉树，每一天都被这些成长和快乐激励着，信心满满。可是，环绕在左右的草枯萎了，绿玉树没有注意到，身边游荡的动物迁徙了，绿玉树也没有注意到。它甚至没有注意到天气越来越热，空气越来越干燥。它的注意力完全集中在自己向上生长中了。

离天空越来越近，绿玉树终于感觉到沙漠上空的太阳，越来越像一个大火球，身体里储存的水分越来越少。因为叶子的增多，水分从叶子上蒸发得越来越快，身体这才感觉到开始缺水，口干舌燥，呼吸困难，喉咙里就像架起一堆火。绿玉树朝天上看了看，天上没有一丝云彩，似乎也被火热的太阳吓跑了。要是能下一场雨，该有多好啊！绿玉树心里想着，可是这样的想法，仅仅只是一个闪念，很快就被打消了。绿玉树终于清醒地知道，这里是沙漠，雨云很少有机会在这里停留，难得下次雨水，也许是一次失误，或者是一次走失。

绿玉树毫不怀疑，再这样下去，自己就可能会渴死。但是它不想死，它还年轻，还有一个跳舞的梦没有圆。绿玉树坚持着，渴了，就喝一口露水，但是杯水车薪；累了，只敢打一个盹儿，担心沉沉地睡下去，永远不会醒过来。

再次在一个梦里惊醒的时候，绿玉树突然想到和它一起从雨水里生长的朋友，在如此干旱的沙漠里，它们是如何生长保鲜生命的呢？如果和它们共同探讨研究一下，说不定能找到更好的有效的生存方法。绿玉树努力睁大眼睛，在四周寻找着，希望能看到熟悉的朋友，可是都是一些陌生的面孔，无论怎么呼喊它们的名字，都没有听到回应，就像它的声音一样，湮没在这茫茫的沙漠里，了无痕迹。

这时，绿玉树才真正发现身处的困境，有些害怕起来。沙漠里吹过来的风似乎更热了，像灼热的火钳一样，一层层揭剥着它身上的皮肤，开始是一片叶子掉下来，接着又是一片叶子掉下来，然后是一片接着一片的叶子掉下来。绿玉树以为自己快死了——迎风跳舞的梦还没有实现，怎么可以去死呢。

一阵慌乱之后，绿玉树深深地吸了一口气，按捺住快要跳出胸腔的心，努力使自己镇定下来，它迅速分析了眼前的形势。第一，沙漠干旱少雨，可能很长时间内不会再下雨；第二，要活下去，必须放慢水分的蒸发。这时，绿玉树才发现每掉一片叶子，呼吸的困难状况就能得到缓解一些，也就是说，只有慢慢脱掉叶子，减掉生命的负重，才有可能让生命继续。绿玉树疑惑、茫然——难道这样能存活下去？

绿玉树默默地看着枝头的叶子，稀稀疏疏的，耷拉着，一副无精打采的样子。不错，这副模样是能在风中起舞，但是没有宏大的气势和场面——叶子太少了，个子也不够高大，这不是它想要的。至少在当下，绿玉树不想要这样的将就。

活着，梦想才有希望。绿玉树经过短暂的思考后，狠狠心，终于拿定主意，一边慢慢脱去叶子，一边慢慢地生长，同时没有忘记安慰自己，留得青山在，还愁没柴烧？等到下一场雨到来时，再使足劲儿地喝足雨水，到那个时候个子也长好了，就可以攒足劲儿长叶子，枝繁了、叶茂了，就可以放开手脚，大张旗鼓地迎着风尽情地跳舞，接受所有目光的瞻仰和膜拜，成为这个世界的中心，想到这里，绿玉树郁结的心好受了许多，目光渐渐明朗起来，觉得天也不怎么热了，风也不怎么干燥了，好像凉快了许多。

绿玉树就这么顽强地生长着，淡然地看着身边的面孔不停地转换，无悲无喜，不哀不伤——生命本来就是这样的，有所舍才有所得。

耐心地等待着雨水的降临，让生命重现勃勃生机。时间一天天过去了，叶子几乎也掉光了，只剩下，三四片、一两片……形势越发紧张起来，绿玉树以为自己的生命也该终结了，于是整理了一下情绪，准备体面地与这一个世界作一个告别。绿玉树突然发现自己的生命并没有衰竭的迹象，身体里反而蕴藏着无穷的力量，再看光秃秃的枝丫，绿油油的，碧玉妆成的翡翠一般，虽然没有在风中跳舞，但是随便一个姿势都闪耀着惊心动魄的美，让人无法直视。

一天天做着减法，叶子快要掉光了，绿玉树以为从此山穷水尽再无生路，生命会黯然退场，然而在黑暗的尽头拐了一个弯，却豁然开朗，遇见最美的自己。绿玉树开心地摇了摇身子，没有叶子的哗哗作响，但心里却一样潮涌澎湃。原来放弃奢华好看的叶子，只是为了苟且地活着，没有想到因为坚持梦想，命运却奉上了别样的惊喜。

生命的树

第二辑：那些事……

最美的星月

严冬已去，春风扑面而来。

新春佳节之际，我的手机收到几条来自千里之外秦岭深处的消息："叔叔，新年好！我去年结婚了，丈夫在县里上班……政府给我们村里人在镇上都分了移民扶贫安置房，三室一厅、南北通透，在家里就能看见郁郁葱葱的大山、听到河水潺潺。下次您来可以多住几天，享受一下清新的空气，若是冬天来赏雪景也不错。现在家里装了空调和电暖气，常有外地人自驾游来我们镇上住民宿、吃农家小吃、漂流、拍星空。现在您来可以先坐高铁，几个小时就能到西安，我们再开车去接您，走高速很快就能到我家……"

发消息的是我多年前帮扶的贫困家庭的小姑娘。时光荏苒，如今她已做了幸福的新娘。

记得 10 年前的一个春天，我应朋友之邀去西安游玩。西安是享誉世界的文明古都，文化底蕴和历史积淀深厚，我向往已久，因为事务繁忙一直没有成行。那一次，我终于能去了，也借机会探望我在当地帮扶的一户家庭。我是在报纸上看到这个家庭的信息的，之后又请朋友帮我联系，已经帮扶多年。我心里一直惦记着这件事。

那天，我坐上开往西安的列车。将近 20 个小时后，随着一声长鸣，列车驶进西安站。我看了看表，下午 3 点钟。列车未停稳，朋友打来电话，说已叫司机开车等在出站口。我拖着行李下车，车程漫长，我身体都快要散架了，真想立即躺下来放松一下。

"坐了一路车，你也累了，先到宾馆住下来吧！明天带你逛一逛西安的明代城墙，到秦始皇陵看一看兵马俑，再登一登大雁塔……"在出口处，朋友接过我手中的行李箱热情地说，"到西安，鼓楼小吃街一定要去的，尝过鲜美的羊肉泡馍，才不枉千里迢迢来一趟。"

"明天还是先去山区吧，我想先看看那户帮扶的贫困家庭。"我想起心中的愿望，犹豫了一下，还是说了出来。

"哦，天气预报说明天有雨。雨天，山路湿滑难行，不安全。"朋友有些担忧地说。朋友在西安经商多年，对这里太熟悉了。

"现在就去！那个地方离这儿也不是太远，不到 2 个小时就可以开到。那个时候，天还应该亮着。"朋友思考了一下，拿定主意说。

于是，我和朋友去附近一家超市买了书包和文具，又买了饼干等零食，然后驾车一路向南，向着大山深处驶去。

城市的繁华和喧嚣渐渐远去，车窗外，草木越来越茂盛，路况越来越差。山路，不仅崎岖逼仄，而且弯道接连不断，似乎永远转不完。车像行驶在波浪里，起伏颠簸。1000 多公里外的我的家乡盐城，没有高山、丘陵，一马平川。对于这样的路况，我非常不适应，本来就有些疲惫的我，现在越发萎靡不振。

我打开车窗，吹着山风，努力让自己清醒一些。朋友指着外面的山崖说："在下雨天，不仅路难走，而且容易形成塌方。"这种自然环境，我之前只在电视上看过，当直面陡峭的山崖时，感觉那些巨石仿佛是悬在头上的，只要风一吹，随时都有可能滚落下来。那种直逼内心的压抑和恐惧，简单、粗暴、直接，无法躲避，此刻，我心里唯有一个念想：住在山里人家生活不易。

一棵棵树迎过来，又远去；一道道弯拐过来，又拐过去，越野车渐渐驶入群山深处。遇到当地的人，我们就停下来问路。走走停停，在一个山脚下，当路终于窄得容不下四个车轮的时候，我们到了目的地。沿着崎岖的小路，我们步行了约 15 分钟，来到山腰处一个小村落。

冥冥暮色里，我们远远看到这里有十几户人家，像棋子一样散落在绿树和山石之间。炊烟袅袅升起，慢慢飘入山林中，仿佛是一幅绝美的山水画。我想起陶渊明的诗句："暧暧远人村，依依墟里烟。狗吠深巷中，鸡鸣桑树颠。"有那么一刻，我想桃花源应该就是这样的。

小村落越来越近了，当真正走近的时候，我被眼前的景象惊吓到了，刚刚还在脑海中盘桓的诗句以及想象中的美好，很快被现实驱逐得无影无踪。撞入眼帘的房子，一下子唤醒了我童年的记忆：平房简陋而低矮，好一点的是砖瓦房；差一点的是用泥土垒起的草房子。

在这偏远的村子里，我们三个人一辆车应该是特别显眼，马上有人迎上前来。我说明了来意。他们一听，立即给我们指路，并七嘴八舌地说起来：村里只有一户人家特别贫困，两位老人领着两个小孩过日子。老人的儿子几年前因病去世，治病耗尽了家里钱财，儿媳丢下一对儿女改嫁了。如今，四口之家仅仅依靠几亩薄田和几头牲畜维持生计，虽有政府接济，日子仍然过得艰难。若不是其他村民帮衬，日子恐怕早就过不下去了。

按照村民的指引，我们绕过一条小路，拐到草房子门前。房子门朝西南，远方是山林，门前有一小块空地，放着一张小木桌、几个木凳。夕阳坐在飞鸟的背上，正慢慢地落在屋顶上，柔和的光顺着屋顶上的茅草缓缓流淌，再沿着灰色的土墙蜿蜒而下，细细地放大着土墙上的凹凸不平，那些深深浅浅里长着三五棵野草，无声地划动着夕阳的暗流。

一位走在我们身前的村民一边大声喊着，一边快步走进屋里。随后，一位老人从屋里走出来。见到我们，他很惊诧，手忙脚乱地将凳子搬到桌边，用袖子使劲地擦了擦，请我们坐下。他佝偻着腰不知所措地站在一旁。我们招呼了几次，他也没有坐下来，只是屈腿蹲着，不停地说着感谢我们的话。我问了他家的近况，老人默默地点起旱烟，低着头"啪嗒啪嗒"抽着，好半天，才没头没脑地说："我没什么指望，希望孩子们能上学，长大了有饭吃……"

老人突然不说话了，慢慢站了起来，扭过头朝着身后看，顺着老人的目光，我看到一个女孩背着书包走过来了，身上的衣服很旧，已看不出原本的颜色。老人说，这是他的孙女。我向小女孩招了招手，喊她过来，小女孩怯怯地站着没动。老人喊了一声，她才慢慢地挪过来，紧挨老人站着。小女孩矮小黑瘦，梳着齐耳的短发，有点儿凌乱。

我问她多大了？她说 10 岁。我又问她上几年级？她说三年级。我问一句，她说一句，始终低着头，不肯多说半个字。我把放在桌上的书包推到她面前，又把塑料袋里的零食掏出来，说都是送给她的。小女孩怔了一下，问："这些可以和弟弟分享吧？"我点了点头。小女孩高兴起来，拉着我说，有好东西给我看。

我跟着小女孩来到屋里，昏暗的室内只有几张旧木桌和凳子，墙角斜倚着一些农具，连一件电器都没有。光秃秃的泥墙上贴着一张颜色鲜艳的年画，使得屋子亮堂一些。我心里不由得一酸。小女孩脚步不停，把我拉到另一个房间，从床头小柜子的抽屉里摸出几块小石头，上面的花纹很漂亮。小女孩将石头塞到我手里，说："这都是我和弟弟在山上采蘑菇时捡的，送给你。"

小女孩的眼睛清澈明亮，笑声如银铃一般脆响。她突然扯了扯我衣角，指着屋角说："叔叔，你看。"原来，屋角墙上有一道裂缝，有微弱的亮光透进来。我担心起来，这样会不会有风吹入、雨淋进来。"晚上躺下睡觉时，还可以看见月亮和星星呢，好美的！"小女孩压低声音在我耳畔说："这是一个秘密，你不要告诉我爷爷。"

恍惚间，天空突然完全暗下来，我透过墙角的裂缝，仿佛看见了皎洁的月亮和璀璨的星空，天地一片清辉笼罩，像童话世界一般美丽。在这么艰苦的条件下，她仍旧乐观坚强，看到的世界依然美丽。我一直揪着的心舒缓下来。想起老人的话——"希望孩子们能上学，长大了有饭吃"。那一刻，我一点也不担忧小孩子的未来，再大的风雨也挡不住满天的星星和月亮，爱这个世界的人也会被世界眷顾。

　　终于要离开了，老人和小女孩把我们送到村口的时候，我从口袋里掏出一个装有 5000 元钱的信封塞到老人手里。我知道这点钱对这个家庭来说，只是杯水车薪，但是我愿意尽我所能，让小女孩眼睛里的星星和月亮永远美丽。这一户贫困家庭的未来，就像我们返回城市的路，越走越宽……

脊背

　　我在网络论坛上溜达，随意浏览社会百态。鼠标轻点，沉在底部的帖子一个个被翻起，画面蒙太奇一般闪烁而过，不经意间发现一个温馨的画面，漫无目的的鼠标突然停了下来，目光盘桓流连起来，一时间竟舍不得离开，按捺住浮躁的心，细细阅读欣赏。

　　宽阔的街道上，一位老男人头戴凉篷骑坐在人力三轮车上，扭着头向后看着，三轮车的车厢里坐着一位满脸笑意的老妇人……多么幸福的一对老夫妻。一大把年纪了，他们还有兴致骑车出来，逛街看风景，享受美好的晚年生活。这样的一个画面，如果从摄影创作的角度来看，一点也说不上美和技巧，无论是画面的视觉还是构图，都很业余。但是内容却极具冲击力，让人不得不静心阅读下去，想了解画面背后的故事。

　　阅读图片下面的文字，我发现自己错了，错得离谱。老男人和老妇女并不是一对夫妻，而是一对母子。老男人是儿子，70岁；老妇女是母亲，91岁。儿子发现老母亲年纪大了，老是待家里，看到的，除了家里灰色的墙壁，就是门前的菜地和小河。他想着带着老母亲走出来，看看外面的世界，呼吸一下新鲜空气，于是就拉着老母亲去离家10公里外的"庙会"逛一逛。他给老母亲购买喜欢吃的凉粉、菜饼，老人乐得合不拢嘴。

我很羡慕这一位老母亲，在鲐背之年还能有一个年过古稀的儿子，环绕左右尽心服侍。我也很敬佩这一位儿子，等到这样的年纪，母亲还健在，让他有机会尽孝心，承欢膝下。对于一个人来说，只要老母亲在一天，无论自己岁数有多大，都是孩子，就有机会尽一个儿子的义务和责任。我感叹之余，翻看了网友的跟帖，几乎都在表达一个共识：幸福其实很简单。

有一个跟帖引起了我的注意，帖子写道："谁都懂得陪伴在父母身边才是幸福的，可是，又有谁想过为什么要出来工作的吗？还不是因为能让父母过得更好些，更好些！"

看到这一个帖子，我心里有一些辛酸。当今社会节奏真是太快了，很多年轻人整天奔波在外，在不同岗位上拼搏，把家务留给了老人，难得有时间陪一陪老人。空巢老人只好活在回忆里，想自己当年是如何将儿女挂在心上，如何对儿女嘘寒问暖，感叹自己像被遗忘在路边的半截树桩，只有等待风雨慢慢剥蚀腐烂，回归尘土。

并不是每一个人都能有这么一个孝顺儿子，能在这样的年纪还能陪伴母亲。生活本来就有太多无奈，我想起一首耳熟能详的歌《常回家看看》："找点空闲／找点时间／领着孩子常回家看看／带上笑容／带上祝愿／陪同爱人常回家看看／妈妈准备了一些唠叨／爸爸张罗了一桌好饭／生活的烦恼跟妈妈说说／工作的事情向爸爸谈谈……"

这首歌流行大江南北的时候，许多人唱着唱着就哭了。对于那些离乡背井在外打拼讨生活的人来说，常回家看看、陪伴父母，是一件多么奢侈的事。

我又想起网络上很火一句话："孩子，对不起！放下工作我不能养你，干起工作我不能陪你！"对于在外打拼的人，尤其是农民工来说，为了赡养父母、维持生计，不得不面临这样的两难选择，大多数人不得不背井离乡。为了爱而远行，因为远行，又不得不放下爱，这是现代生活里很多人必须面对的困局。

无独有偶，在论坛上我还看到了另一则新闻。一个女青年背着瘫痪的父亲在风景区旅行——这位女青年姊妹几个也在外地打工，却时刻牵挂着父亲，定期请假回家照顾、陪伴父亲。

时光流逝，父母在一天天地老去，一头白发、满脸皱纹，时间一刻不停地取消着子女、父母之间的欢聚机会。若是不珍惜眼下，常回家看看，多陪陪父母，终有一天儿女只能徒叹"子欲养而亲不待"。

我认识的一个人，读书用功，从小学、中学到大学的成绩都很优秀，大学毕业后到美国留学，终于取得博士学位、拿了绿卡，留在美国娶妻生子。在旁人眼里，他的父母应该很幸福，儿子经常寄钱回家。可是他的父亲却说，养的儿子成了别人家的，他只有一个父亲的名分。这话不无道理，自从儿子出国留学以后，他几年都见不到一面。在他病危时，儿子还在美国，赶不上看他一眼，只能在电话里听儿子喊着父亲，咽下最后一口气。在场的我，看着泪水从他的眼角慢慢流出来。

孟子说："鱼，我所欲也，熊掌亦我所欲也，二者不可得兼，舍鱼而取熊掌者也。"孔子说："父母在，不远游，游必有方。"两难之间，女青年的做法更值得借鉴。她说，为了让父亲的晚年生活质量更高，姐妹在外拼命打工攒钱，多陪父亲四处走走，让父亲颐养天年。

是的，儿女的肩上有对父母的爱和责任，这是人生的必修课。

年老的母亲耳朵背了，但耳朵里缭绕盘旋着的只是儿女的声音。她一个人守在家里总觉得有人来敲门，是儿女的声音。可是蹒跚着走过去拉开门，门外却只有流浪猫，或者什么都没有，只有风从门前路过。她的眼睛昏花了，但眼睛里来来去去晃动着的是儿女的身影，以为在门前走动着的就是她的儿女，喊一声儿女的乳名，可是没有人答应。等到走到跟前，才看清只是陌生路人。

我与一位老母亲拉家常，她说有时不相信自己的耳朵，也不相信自己的眼睛，总想下楼去转转看看，可是人老了，记忆力不好了，生怕回头摸不着自家的门，有好几次都是警察把她送回家。现在，儿女们就在她脖子上挂个小牌子，写下家庭住址、电话等信息，防止她再次走失。于是，老母亲再也不敢随便出门，只是常常对着窗外的天空发呆，想象年轻时在戏文里看的故事，哪一天，会有一只鸿雁从天上落下，捎来一封儿女的信。可是，天空连一只鸟都没有飞过。

停下手中的鼠标，目光从电脑屏幕挪开，想到自己刚从岗位上退居二线，母亲也健在。没有了工作的牵扯和羁绊，拥有了更多的时间和自由，我也应该常回家看看，陪母亲走一走天涯，看一看这个美好的世界。

一把芭蕉扇

　　站在大堤下，我仰着头，目光毫不停留地穿过一棵棵树，越过一丛丛芦苇，急切地在搜寻着。终于，远远看见高高的大堤上出现熟悉的身影——母亲正急匆匆走来，一只手抬起又放下，不停地摆动着，而另一个臂弯里挎着一个篮子。

　　我的心思便全钉在了篮子上，里面一定如往常一样放着我最喜欢的零食吧。我甚至已经在猜想最可能是哪样好吃的，脑袋里将平日所好挨个检索一遍，嘴巴蠕动，口中津液陡然而生。

　　今天天还没有亮时，我在睡意蒙眬中便听见母亲麻利地梳洗打扮，说要去赶集。集市在距家十里之外的地方，年幼的我还未去过那个充满诱惑的大地方。本来，我是极其希想跟母亲去赶集的，但还是经不起瞌睡虫的勾引，翻了一个身，又入梦乡了。

　　等我醒来时，已是日上三竿。我真懊悔一时贪恋被窝，失去了一次很好的赶热闹的机会。我变得焦躁不安，在房间里觉得憋闷，

一把芭蕉扇

便向着屋后跑去，站在大堤下，翘首盼望着母亲的身影早点出现在大堤上。

一直等太阳快爬上头顶时，母亲的身影终于出现在人流中。我拔腿就迎了上去。母亲牵着我的手，笑眯眯地说："你猜，妈妈给你们带回来了什么？"

我迫不及待地拉低母亲的臂弯，想要揭开盖在篮子上的毛巾一探究竟，母亲却挡住了我的小手，故作神秘地说："你猜猜吧。"

"大白兔奶糖？"

母亲摇了摇头。

"金刚脐？"

母亲说不对。

我一边看着母亲的表情，仿佛她心里的秘密会出现在脸上，一边开动大脑，说出一长串几乎所有吃过的零食名字，但竟然也没有猜中。我无奈地看着母亲，希望她揭出谜底，且等着一个大惊喜。

母亲慢慢拉开了蓝毛巾，露出一个浅黄色、带着皱褶、圆圆的东西。

"看，是一把扇子，一把芭蕉扇！"母亲说着，把扇子拿在手上，朝着我用力扇了几下，一阵凉风迎面而来。"凉快吧！夏天了，正好用来扇凉。"

"啊！这是扇子？"我轻声惊叫一下，从母亲手里接过芭蕉扇，好奇地翻过来看过去。家里本有一把扇子，是蒲扇，用芦蒲编织而成，方形、黑色，小孩子拿着感觉粗笨，不如这芭蕉扇漂亮、轻巧。

我一边跟着妈妈往家里走，一边轻轻地摇着芭蕉扇，对着路旁一丛野草扇，草猛烈地摇晃起来；对着一棵树扇，树叶似乎也哗啦啦地鼓起掌；对着母亲扇，她的衣摆便飘动起来，母亲脸上露出惬意的表情。

"芭蕉扇来啦、芭蕉扇来啦！"我拿着扇子，撒腿向家奔去，大声呼喊着，像是得了一件宝贝。小弟和小妹闻声而出，一溜烟似的迎上来，叽叽喳喳地争抢着芭蕉扇。小弟拿起扇子对着我扇一下，小妹接过去对着小弟扇一下，然后是满脸享受的表情。芭蕉扇在我们手中传递着，凉爽的风儿便抚摸着兄妹三人，还有一屋子的欢笑声。

"不用使那么大的力气，小心把扇子折坏了。"母亲笑着从我们手中接过扇子说，"我先加固一下，不然，就要被你折腾散架了。"

第二天，当我们再次看到扇子，扇面上已镶了一圈红布条的边，是妈妈用针线密密缝上去的。芭蕉扇变得漂亮了许多，扇一下，那扇影仿佛一群萤火虫从眼前飞过，我们更加爱不释手。只要在家，扇子就在我们手中轮流传递着，带来一缕缕凉风。

夏日闷热的夜晚，我们争相拿上芭蕉扇，坐到桥上乘凉，芭蕉扇的功能便不限于扇风，还被我们用来捉萤火虫、驱蚊虫。在20世纪70年代，一般的乡下人家是没有风扇的，更没有听说过空调是何物。一把芭蕉扇，伴随着大人谈古论今、小孩的追逐嬉闹，芭蕉扇把闷热扇落在桥下的水面上，搅起粼粼的波纹，揉皱了圆月的影子。

有一天，母亲干了一天的农活，想必是累了，早早扫了地，铺上凉席睡了。我们兄妹照常拿起扇子，兴冲冲到房前桥上乘凉去，玩热闹的游戏、听大人们话桑麻。在夜幕的遮掩下，凉气偷偷从河里爬上来，弥漫到千家万户，人们打着哈欠陆续回家，我们也乘凉而归。

人语渐息，蛙鸣方起，从屋前屋后的田野里传来。我们轻轻掀开用芦柴编的门帘，一股热浪从里面腾涌而来。

"家里真热！"弟弟忍不住喊了一声。门前挂着门帘，芦柴之间的缝隙很小，后窗又不大，室内空气流通不畅。闷热，是那个时代乡下人家无法解决的难题。

"回来啦！"不知是闷热让母亲没睡着，还是弟弟吵醒了她，"来，都躺下，心静自然凉。"

我们躺在凉席上，不一会儿，汗水便从身体里渗出来，很快湿透了凉席。弟弟在席子上翻来覆去，嘴里小声嘀咕："躺着也热，真热。"

"把扇子给我，妈妈给你扇凉。"母亲坐起来，用芭蕉扇轻轻地扇着，一阵阵凉风从我们身上吹过，带走汗水和燥热，立刻凉爽了好多。

透过从窗户里映照过来的光亮，我看见妈妈眯着眼睛，手中的扇子机械地扇动着，一副困倦欲睡的样子。我心疼起来，连忙说："妈妈，你干了一天活，很辛苦了。已经不热了，我给您扇扇吧！"

"不用，你快点睡吧。"未等母亲拒绝，我已抢过芭蕉扇，对着母亲用力扇起来，嘴里还不停地数着：1、2、3……

妈妈没有拒绝我的好意，感叹道："芭蕉扇就是好，扇的风大，真凉快！"

"我们来比赛！看谁给妈妈扇得多。"小弟一边说着，一边从凉席上一骨碌坐起来，还把小妹也拉起来。

于是，一阵阵凉风随着芭蕉扇的起伏摆动，绵绵不绝地吹向母亲。没一会儿工夫，我便觉得胳膊和手酸麻无力了，只好坐在凉席上喘气，汗水早已不知不觉浸湿了身体。

小妹自告奋勇地接扇子。她力气小，便两只手合握着芭蕉扇柄，一上一下地扇起来，身体也跟着一起一伏，像是把全身的力气都集中在扇柄上，很快便喘着粗气扇不动了。小弟身体粗壮结实，他手中的芭蕉扇像风车一样，凉风劲吹，我和小妹也躺到母亲旁边，蹭一阵凉。

"不扇了！不扇了！"当我从小弟手中接过芭蕉扇欲继续时，母亲叫停了我们的比赛，带着责备的腔调说："别累坏了，都不要比了。天不早了，都睡吧！"

我们也真是累了，乖乖躺了下来。但刚才比赛的兴奋劲还没有过去，加上闷热又填满了屋内，一时半会还是睡不着。我们不时地翻转身子，母亲悄悄拿起芭蕉扇不停地给我们扇着……不知过了多久我们都进入了甜美的梦乡。

芭蕉扇一个夏天接一个夏天地摇着，我们一天天长大，家里的经济条件一天天好转，买来了电风扇，也不再稀罕那芭蕉扇了。妈妈还是喜欢用芭蕉扇，说芭蕉扇一扇，就会想起我们小时候的样子。于是，这一把芭蕉扇成了母亲夏天的专用纳凉神器。母亲用芭蕉扇扇的时候，总显得舒服惬意，她不愿意吹电风扇，嫌其风太冲，不自然。

二十世纪 90 代年初的某一年，母亲生了一场大病，在县医院做了手术后，高烧不退。医生叮嘱，除了冰敷，还要不停地扇风为她降体温。那时县医院病房里尚无空调，只有电风扇。母亲还是要用芭蕉扇给她扇风。我们兄妹一夜没睡，轮流拿着芭蕉扇给母亲扇，一如小时候她为我们扇凉。第二天，母亲奇迹般退了烧，转危为安，身体也日渐好转。

如今，母亲居住的老屋里虽然安装了空调风扇，但她一如往日那样，在夏日的夜晚，我们在院子乘凉，她手中依然不离那一把芭蕉扇。芭蕉扇鲜亮的颜色已经褪掉在悠悠岁月里，缝在扇面边缘的红布条已成了浅红色。每当看到母亲摇动芭蕉扇，我便沉浸在无边的幸福中，希望这样的美好日子长久不变。

秦淮河畔若有思

去南京旅游，有几个不得不去的地方，那就是南京大屠杀纪念馆、总统府、雨花台、夫子庙等。而游夫子庙，除了吃，就是玩了，参观才子们圆梦的江南贡院，踏足野草花边的朱雀桥，穿过夕阳斜下的乌衣巷……夫子庙景点太多，走马观花的游客总会在不经意间错过一些。但是有一个地方是坚决不容错过的，那就是素月映照下的秦淮河。

那个夏天，我跟三五好友自驾游南京。刚好是初入大伏，天气预报说南京最高温度达 37 摄氏度。时间是早先约好了的，大家甘冒酷暑也不见不散。

我们一天下午出发，顶着炎炎烈日，一路南下，到南京时天快要黑了。在夜晚，夫子庙是最好的去处了。于是，我们在夫子庙附近找好旅馆，停好车，就跟着手机导航一路走。我们不敢迷信高科技，又一次次地问路人，终于找到了夫子庙入口，迅速淹没在熙熙攘攘的游客洪流中。

已经是晚上 7 点多了，肚子早已发出咕咕叫的抗议声。街道上店铺林立，我们倒是看见几家卖小吃的，但我们抱着非特色小吃不吃的原则，兜兜转转跑了几家，最后终于觅到鸭血汤、油炸臭干、梅花蒸儿糕等喜爱的当地著名小吃。但经过这么一折腾，时间就又偷偷溜走了不少，于是连忙询问路边值勤的交警怎么走才可以到秦淮河坐游船。

或许人太多，或者我们在横七竖八的巷子里方向感错乱，绕来绕去就是没有摸到码头，心思全在找路，却忽视了沿途的风景。

到八点了，若是再不上游船，今晚秦淮河之旅大概就要泡汤了。

我们只得继续加快脚步、殷勤问路，终于摸到了买船票的地方。朝前一看，我们真的是被吓着了，买票队伍像长龙一般缓缓向前移动着。"不买了，不游了。"同行性急的朋友直呼："这样下去，怕是要排到明天呢！"我心里也在犯嘀咕，眼前黑压压那么多人，实在来得不是时候。但既然好不容易来了，只能跟着熬吧，不然大家败兴而归，心里多有不甘啊。

我站在队伍后面，望着攒动的人头，调整呼吸，让心静下来，不断安慰自己，排队也算旅游的一个重要体验吧。队伍前移的速度慢或者快，只能由他了，我再急也改变不了现实，不如随遇而安。

站在队伍中除了无聊的等待，只有脑袋不受约束，思想可以自由驰骋。我突然想起一句话：读万卷书不如行万里路。这话语表面上是说，行万里路比死读书重要。我想还有另外一层意思，就是让人阅读书本之外，还需不断面对生活中的新事物，从而修炼心性，不断提升自己的境界。"纸上得来终觉浅，绝知此事须躬行。"阐述的也是这个意思。

想到这里，我心情平静了许多。大约半个小时后，我们拿到了船票，没有来得及喘一口气，就急急忙忙往码头赶。奔到码头一看，场面简直就是震撼：这儿排队的人更多，一眼看不到队伍的头。我们下到码头往后跑，排队上船的队伍不仅长，而且人与人之间腹背相贴、摩肩接踵，人挤人、人推人，队伍像蜗牛般向前蠕行，半天才向前移动一下。到这里，同行的朋友一脸沮丧，似乎要绝望了。

此情此景，让我联想翩翩，想起东晋时大书法家王羲之的三儿子王徽之的一个故事。有一年冬天，鹅毛大雪纷纷扬扬地下了几天，雪停后天空中升起一轮明月。王徽之推开窗户，见到大地白雪皑皑，就兴致勃勃地独自在庭院里饮酒。他想此时若有悠悠琴声助酒兴，方为人间至乐，就乘着酒兴划船去邀请善弹琴作画的朋友戴逵。但是到了剡溪，王徽之没有上岸见到朋友便打道回府了，理由很简单，他觉得兴致没了就该回去。我不由联想，若是王徽之活在当前，如我一般来一次南京游秦淮河，遇到如此费尽周折和扫兴，会不会洒脱地立即折返呢？

我们终究没有王徽之的随性和洒脱。既来之，则安之。时间一点一点流逝，月亮已经爬上头顶，游客们还在不断向码头涌来，一点没有减少的迹象，我的鼻孔里被浓浓的汗味充塞。我的衣服已经湿透，紧紧裹在身上，身体的毛孔像是闭合不上了，汗水不停流淌下来，仿佛整个秦淮河都泡在汗水里。

队伍随时间在一点点地前移，游船离我们越来越近，后面的队

秦淮河畔若有思

伍也越来越长，刚开始加入这队伍时，我身侧还有人不停地抱怨人多天热，埋怨着后面不停地向前挤的人。但是随着等待排队的时间久了，焦躁的声音渐渐低了下去。大家都累了，不想再说无益于改变现状的话了，只是默然而机械地跟着人流移动。

　　我百无聊赖地站在人堆里，发现有人拿出手机看起来，也跟着拿出了手机。我想起出发来南京前在家看过朱自清和俞平伯两位大家的同名作品《桨声灯影里的秦淮河》，在这个时间这个地点应该是读他们文章最合适不过了。但是当打开网页后，怎么也没有心思读下去。

　　大约经过一个多小时的排队汗浴，我们终于挤上了游船。我匆匆找了一个靠窗的位置坐下，心才渐渐放松下来，才感觉到腰酸腿酸眼酸脖子酸。坐在船舱里，望着汤汤的秦淮河水，听着水浪拍打游船的声音，闷热和汗水、全身酸疼已使我的大脑迟钝、木讷，曾经张口就出的那些属于秦淮河的诗词歌赋，或许都沉陷脑海了，或许都沉到秦淮河底了，一句也没有漂浮起来。

　　游船推开水波前进，我眼里只有岸上明暗的灯光和影影绰绰的游人。依然燥热的风从水面吹过来，衣衫渐渐干燥，但是我还没有进入这里的诗情画意，我只记起朱自清的散文《桨声灯影里的秦淮河》："夜幕垂垂地下来时，大小船上都点起灯火。从两重玻璃里映出那辐射着的黄黄的散光，反洇出一片朦胧的烟霭；透过这烟霭，在黯黯的水波里，又荡起缕缕的明漪。在这薄霭和微漪里，听着那悠然的间歇的桨声，谁能不被引入他的美梦去呢？"我希望自己能走进秦淮河的历史烟尘里，那应该比眼前的景象更美吧。

游船在秦淮河行进了四十分钟，就结束了我们的这次旅程。在游船上，我没有细听导游的解说，也没留心两岸的风景，只记得临水的桥墩上那只留连着不肯离去的水鸟，同行的朋友说那是个梳过晚妆的卖唱姑娘，是从《桨声灯影里的秦淮河》的文章里跑出来的，想见证新时代的秦淮河。我觉得那只水鸟，是被秦淮河千古烟雨吸引的另一个我，在等待真正走进桨声灯影里的秦淮河。

秦淮河畔若有思

边角地的变迁

边角地，在我老家人的眼里，就是处在偏僻拐角或者沟渠边零零碎碎的、不能连成片的田地。这些土地一般只有四五分，甚至还更小，且土质不适宜种庄稼。这样的边角地在农业社的时候大多荒着，或者随便就种一些容易成活而不用料理的作物，至于能否有收成，也没有人去在意，总比荒废着好点。

分田到户那会儿，为了防止分田产生纠纷，生产队一般不把边角地算作数。分边角地要到最后，各家各户派出一个人来抓阄，抓到那一块就是那一块，不得反悔。土地是庄稼人的命根子，不管土质是好是孬，能拥有自己的一块地总是值得高兴的。因为只要精心侍候，经过翻土、薅草、沤肥等一番努力后，生地自然会慢慢变成熟地，变成一片宝贵的沃土。那些经验丰富的种地好手，通常只要三四年的工夫，边角地也能产出喜人的粮食产量了。

我小时生活的乡村，小舅就是第一个将边角地水稻亩产量由六七百斤增加到一千多斤的人。至今，我还记得那片边角地丰收的第一年，小舅特意炒了蚕豆、切了咸鸭蛋，晚上坐在晒场上快活地哼着乡村小调，嚼着脆嘣嘣的蚕豆喝了半斤多白酒。惹得那些不重视边角地的乡邻们心里痒痒的，笑脸嘻嘻地向他讨教经验，而小舅则是喝一小口酒，声音很响地咂着嘴巴，然后才用筷子敲着桌子答非所问地说，这个啊——还是这酒好喝！

边角地能变成宝地，但种养起来也有麻烦。收种时的运输物资是个大问题。老家的村民们收割庄稼时只能走水路，先把稻麦把一捆捆搬上船，然后再一捆捆搬上岸，就这一项活已经够累人了，后面还要打晒、收藏谷子，的确有些费劲。因此，那些没有壮劳力的人家一旦解决了吃饭问题，就不再打这些边角的主意了。

乡村里壮劳力多的人家，他们肚子里早就打好了自己的小算盘，盘算着哪些人家可能不需要边角地，就预先托亲朋好友的人情关系，摆出了诱人条件接手边角地。只等边角地一到手，他们立即播下种子，只等在收获季节收割满满的快乐和幸福。

在这一方面，村里的华叔最精明了。20 世纪 80 年代末，他就已经承接了几块边角地，大约一共平添了二亩地。经过精耕细作，粮食产量逐年增加，加之粮价好，他用这些收入为儿子娶媳妇时买了收音机、自行车、缝纫机等时尚物件，女儿出嫁时陪嫁了手表。在当时的农村，这些可是稀罕物，真个是让四里八乡的人羡慕了好长时间。

拾边角地让很多人尝到了甜头，得了实实在在的收益，可是这样的日子并没有维持多久，在二十世纪 90 年代中期，随着改革开放在农村的深入，乡村里一些头脑灵活的庄稼汉，不再守着田地过日子，他们走出了祖祖辈辈生活的乡村，放下锄头和镰刀走进了城

边角地的变迁

市，用布满老茧的手在城市的工地上、车间里……开辟属于自己的一方天地，用一滴滴勤劳的汗水换来财富，过上幸福的日子。出去打工四五年的工夫，他们家里的瓦房改成了小楼房，自行车换了摩托车，楼上楼下、电灯电话美好愿望变成了现实。

庄稼汉们是最注重实际的，只要通过努力能得到好处和实惠，他们就能不辞辛苦。于是，乡亲们坐不住了，邻居引邻居、亲戚带亲戚，一个个开始从乡村走了出来。那些需要投入大量人力物力的边角地，很快被冷落，不再是香饽饽了，被冷落荒废在一边，就是送人也送不出去。

让庄稼汉们放心的是，农业生产快速实现机械化，大幅度降低了耕作的劳动强度，使得乡村里那些留守的老弱妇孺成为种地的主力军。因此，那些地理位置相对好一些、土质不错的边角地，又能够与相邻田地整合成一大整块地的，很快被户主说情讲理地送了出去。

然而，总有一些地理位置不好的，就好像孤岛一样独立在某个角落里，被人慢慢遗忘。对这些边角地，灌溉，抽水机难进；收割，收割机难出；运输，三轮车难走，诸多因素拦路虎一般挡在前面，的确是令人望而却步。留守的老弱妇孺自然不愿接这烫手的山芋，生怕费力而不讨好，付出与回报不成正比。

可是，边角地到底也是土地啊，总不能闲置、荒抛着，任凭它爬满青草、鼠兔出没，对于农民来说是天大的罪过，心疼呢，户主只好自己对付种着。

前几年，村里的小伙虎子在城里开了一家酒店，生意忙得分不开身来，那块无人肯接手的边角地又不能荒着，他只好想法子请人种，给出的优惠条件是谁种植谁收益，每亩地每年还倒贴二三百元给种地的人，这才勉强将边角地送了出去。

难以耕作的边角地，成了乡村里外出打工的庄稼汉们放不下的牵挂。每到收获时节，很多庄稼汉们离家再远，也要从远方的城市赶回家收割庄稼。

乡村发展日新月异，为了适应时代需求，村里的田头专门开辟了机行道，大型收割机进出容易了，运输又方便了。但是边角地仍是农民的麻烦事。欣喜的是，农村出现了种田大户，土地流转了起来，一部分边角地自然地合并进大的田块中。同时，新农村建设政策的实施，使得又一部分边角地与房屋拆迁空下来的土地合并成了新的建设用地。加之土地确权政策，曾经烫手的边角地又成了农民手中的小银行。

一块块边角地见证了农村的发展变迁，倾注了庄稼汉们太多的情感，可以说，边角地是中国乡村发展变迁的一个缩影。

或许，在不久的将来，边角地会成为历史词典里的一个美丽名词。

真假金戒指

一脚跨进门，我就看见不足二十平方的院落里，母亲仰脸坐在一张老旧的藤椅上，弟弟和弟媳躬身低眉站在她的身后。午后的阳光越过厨房的屋顶，洒在母亲瘦削的脸上，显得分外安详淡定，我悬着的一颗心终于放了下来。

母亲在电话里说，让我和妻子及弟弟、弟媳一起过来，我的心一下子就紧张起来。母亲已经 86 岁了，这几年身体每况愈下，一直不太好。刚过去的一个冬天，她患过一次肺炎，经过几个星期的治疗，才稳定病情，直到年关前才出院——在这以前，她从没有得过疾病，母亲难道预感到有不好的事将要发生，所以才把我们都叫过去？

妻子有些不放心，快步走过去问："妈妈，让我们过来有什么事情吗？"母亲轻轻挪动了一下身子，看着我们轻声说，今天把你们叫来，就是想了却一桩心事。说到这里母亲停了一下，深深地吸了一口气，语气郑重起来，我今年已经86岁了，在我娘家来算，已是高寿。以前你们的外公，也就是我的父亲，算是最长寿的人，也只过了83岁。现在我的身体一天不比一天，晚上睡下去，早上就有可能醒不来，趁我还能喘气，得把该了的事情交代一下。

母亲说着，从身边的小木桌上拿过一个木盒子，高高地捧着，目光柔和地打量盒子，仿佛掌心里捧着的是一个传世珍宝。父亲和母亲都是出身于贫寒的农民家庭，而且小时候我们家里生活拮据，不可能存有闲钱和金银玉翠这些贵重东西。我们好奇地看着母亲慢慢打开盖子，拿出一块红布包裹着的叠得四四方方的小包，她一层层地小心翼翼地打开，两枚黄澄澄的金戒指露了出来，就像俏生生的两个小人儿，肩挨着肩，站立在红布的中央。

戒指，居然还是两枚！什么时候母亲有两枚戒指了？我们只给母亲买过一枚戒指啊。大约是在二十多年前，母亲患了食道癌，辗转了好几个医院，经过多方会诊治疗，才幸运地痊愈。老人们传说，戴金饰品可以扶正祛邪，也想到母亲在乡下辛苦了一辈子，省吃俭用供我们兄弟姐妹几个读书，没有穿过金也没有戴过银，我和妻子决定给母亲买一枚金戒指。

在我愣神的时候，妻子用胳膊肘轻轻地捅了捅我。母亲正指着掌心的一枚戒指说，这一枚是哥哥（我在家中是老大，多年来母亲一直习惯这样叫我）二十年前买给我的；另一枚是你们给我的生活费我节约攒下来请金匠师傅做的。今天我分配一下，两个金戒指一枚给晓宇，一枚给亚运。

妻子连忙摆手说："我们不能要，妈妈，您都给亚运吧！"

母亲有些急了，突然从藤椅上站了起来，直着腰，身子绷得紧紧的，冲着我和妻子挥动着手，激动地说："怎么，你们担心我的

真假金戒指

戒指又被人换成假的啦，我保证，这两枚戒指都是真的，你们放心，同样的错误我不会犯第二次。"

看着母亲干瘦的、长满老年斑的手，我突然有些后悔，不应该拒绝母亲，让母亲的情绪波动这么大。一旁的妻子拿责怪的眼光瞅着我，她一定是怀疑我不小心说漏了嘴。我是满肚子委屈无处诉，那件事我守口如瓶，就是做梦也没有说过半个字。

事情是这样的。大约是母亲戴上我们给她买的金戒指半年后，一天，她看到小区的一个僻静地方，有一个人抱着头闷闷地蹲在地上。母亲是个热心肠人，见不得人难过，就好心地上前询问。那人说家里人得了重病，瞒着家人拿金戒指出来换钱。因为急需用钱，可以便宜出手，本来值两千元的金戒指，现在只卖一千五百元。

母亲为那个人的困难处境动了担忧，摸了摸自己口袋，有些抱歉地说："我没有那么多钱。我可以带你向周围邻居问问，有谁需要。"那人连忙站了起来拉住母亲的衣袖，盯着她手上的戒指说："我的戒指大，你手上的小，跟你换吧，你只要贴补二三百元钱，也算帮我解决了困难。"看着那个人一脸真诚的样子，母亲就同意了。

母亲戴上换来的金戒指没有几天，偶然跟邻居说起这事，才被告知上当受骗了，母亲心里闷闷不乐，一个人常常唉声叹气。邻居打电话告诉我这个情况，我和妻子匆匆赶过去，母亲正垂头丧气地坐院子里，看着手上的金戒指出神。看到我们，母亲一脸委屈地说起受骗的经过，那哀怨的腔调，像是在诉说，又像是自言自语："儿啊，我可能做错了一件事，手上的金戒指可能被人换了……"

我们一听，就知道母亲受骗了。但妻子接了过来，用手指捏了捏，放在手掌心里掂了掂，趁母亲不注意，给我递了一个眼神，接着说:"妈妈,这戒指好像是真的呢,不像是假的。如果你实在不放心,我们拿回去请金匠师傅再看看。"看着妻子一脸认真的样子,母亲松了一口气,催促我们,好、好,赶紧去。

母亲的病情刚稳定,身体还没有完全康复,不能让假金戒指的事刺激她,相比一枚戒指,她的身体才是最重要的。我和妻子决定偷梁换柱,花了两千多元请金匠师傅做了一个跟那枚假戒指一模一样的金戒指,并叮嘱金匠师傅不能泄露秘密。当母亲听说戒指得到金匠师傅鉴定是真品后,开心地把金戒指戴到手上,紧锁的眉头舒展了开来。

——这个秘密就三个人知道,母亲居然还是知道了,而我们早已经忘了这件事。更让我们想不到的是,母亲还瞒着我们又做了另一枚一模一样的金戒指!

为了打消母亲的疑虑,妻子连忙解释说:"我们不是这个意思,您不要误会"。我也忙不迭地附和:"我们家晓宇是女孩,弟弟家亚运是男孩。金戒指也算是传家宝吧,当然要传给男孩啊……"

母亲不同意了,嗓门高了起来:"女孩不是铜戒指,和男孩一样,都是金戒指,都是我的好孙子……"拗不过母亲,我接过了金戒指,看着母亲如释重负的样子,觉得手里沉甸甸的,同时心里也是暖暖的,抬头发现天边的晚霞竟然是那么美。

做自己的模特

几场雨后，天气渐暖，楼下花草新鲜亮丽起来，女儿和妻子早早地穿上新买的衣服，在我面前走来晃去，像 T 型台上走秀的模特。我没有关注她们的表情和走路的姿态。女人就是这样，到了换季就感觉满衣橱的衣服，没有一件是合适的。我比较恋旧，总觉得旧衣服穿着更舒服。

有老朋友打来电话，邀我一起去喝茶聊天。我们很长时间没有聚了，难得他这么有心。我从衣橱里随意翻出一件单衣套在身上，没有跟她们打一声招呼便匆匆出门了。回来的时候女儿开的门，一脸惊讶地看着我，上上下下打量我一番，把我拉到妻子面前，妻子也是一样的表情。在她们面前，我像是一件会动的展品——难道她们不认识我了？

我到穿衣镜前仔细地看了看，没发现自己身上有什么异样。女儿看着我照镜子，一脸嫌弃地扯了扯我身上的衣服，指着镜子里一顿数落：领口起球了、布料磨掉色了，上衣后背上还有一条褶皱。妻子在一旁肯定女儿点评到位。穿在我身上的衣服是前年买的，的确不那么崭新平整了，且褪了色。但我不在意，穿着舒服自在就好。女儿笑话说，如果我再戴上一顶黄色的帽子，把脸遮住，真像楼下捡废品的老大爷。

我没有理会女儿，若无其事地坐在沙发上。年轻人有年轻人的追求，我有我的想法，中间隔着一道深深的代沟，不是一两句话就能填平的。我一边喝着茶，一边看着电视。女儿不愿放弃改造我的努力，拉着妻子在我面前转了一圈，问好不好看。妻子穿着新春装，淡黄色，大翻领，宽宽的下摆，显得人年轻、时尚。这肯定是女儿的杰作，妻子一般不会选择那么鲜亮的颜色，也不会看中那种流行的款式。女儿心里有一套"穿衣指南"：年轻人要穿颜色暗一点的，看上去成熟稳重；中老年人穿亮一点，看上去年轻奔放。女儿的心思，就是要我夸赞她几句。我没有吃不着葡萄说葡萄酸，着实赞美了妻子几句。虽然我穿着上不是太认真，但审美观是没有问题的。

女儿兴致更高，提出帮我买几件衣服，丢掉我拾荒大爷的形象。本来我心里是拒绝的，但妻子也认为我的着装应该赶上新时代。我思忖了一会，住在这样的高档小区，身上的衣服能穿得出去就行，何必去追那个时尚。拗不过母女俩的软磨硬泡，我应承下来。我知道她们的想法，家里经济条件还不错，没必要在穿衣上太节俭，让别人看着觉得寒酸。女儿对我的穿着改造一事提过多次，我一直没有上心，我注重沉稳、整洁，至于新与旧倒是无所谓。现在女儿从她母亲身上找到突破口，我不能再拂了她的美意。

小城的步行街上聚集着许多商铺，除了美食店，最多的是服装

做自己的模特

店，而且还有多家专门的品牌男装店，不愁没得挑拣。女儿拉着我在街上兜转，先选了一件西装，挂在墙上看着蛮顺眼，可穿在我身上，前摆有点下垂。那是因为我多年伏案工作，腰总是弯着，穿不出玉树临风的风采。接着，女儿又帮我择了一件夹克衫，袖长、肩宽正好，就是腰围太宽松。我个子不算高，穿着显得臃肿懒散，缺少了精气神，只得放弃。女儿又挑了几件，我穿着不是这儿长一点，就是那儿短；不是肥，就是瘦了，始终没有一件衣服可穿出店铺里模特那般英俊帅气的样子。

逛了多家服装店，终究没有找到合适的。分析原因，只能怨我这身材，没有如模特那般标准。身体发肤是父母给的，被几十年的岁月裁剪过后，身体的各个"部件"自由散漫惯了，再也回不到年轻时候的样子。想买到几件美得天衣无缝的衣服，只有把模特身上的衣服按照我的身材去设计，但这是不现实的，不可能实现。我怀念小时候，每一个人都是自己的模特，新年做新衣服，都是缝纫师现场量尺寸，做出来的衣服长短、大小、胖瘦恰到好处，穿在身上舒服又好看。可是现在，没有了量体裁衣，大小服装店里各式各样的服装都是在加工厂，按统一标准制作，我们只能"委曲"于服装。

多年前我刚进城市时，还可以在缝纫店里做衣服，只有很少一部分人到服装店里买现成的衣服。后来大家慢慢习惯了，都到服装店里装扮自己，我也成了其中一员。再后来，就很少有人去缝纫店，觉得那样做衣服有些落伍了。这些年城市经济发展飞快，人们的生活发生了翻天覆地的变化，曾经盛极一时的西塘河边上的老街被现代时髦的步行街替代，很多老手艺、老行当湮灭在历史的洪流里，成为永久的记忆。我不知道，小城里还有没有缝纫店幸存，我能否再做一回自己的模特，量身定做一身衣服。

我在脑子里仔细搜索，小城还有一条老街，确实是经过了漫长岁月，还保留着小城的一份古老影像。我希望那里还能有一家缝纫店。抱着试试看的心理，在一条巷子的深处还真找到一家。听一位老街坊说，这家缝纫店生意特别好。在这个小城里，很多追求生活品质的人特立独行，不再买大商场里的名牌衣服，都到他这儿做衣服。想想也是，那些在大场合出没的公众人物，无论高矮胖瘦都须衣着得体——他们都做了自己的模特，缝纫师妙手巧夺天工，把人们身体上的缺点巧妙遮掩，把优点放大，让衣服为人们增添了精气神。"人靠衣服马靠鞍"，难怪一些权贵专门有自己的缝纫师。

我们拐进缝纫店，柜台后面正忙着裁剪的中年人应该就是老板，他跟我们打一个招呼，又低头忙活起来。店里摆放着两台缝纫机，墙上挂着布料，更像是一个小作坊。我心目中的缝纫师形象应该是一位温婉的女子，身手纤细，说话温柔。眼前的这位老板的模样让我心里不安，便自我劝慰：现在的厨师、理发师等，做得出众或成为大师的大多是男的。说不定，这位老板就是这样的一位高手呢。

我继续朝店里面走，老板从柜台后面走了出来，我才发现他居然是一位残疾人，一只胳膊架着一根拐杖，一条腿悬着，钟摆一样。若不是听了老街坊的推荐，我大概会转身离去，妻子和女儿对他也是满脸不信任。

我们说明来意，老板拿着一根皮软尺，量了胸围、腰围、肩宽、臂长……都一一记在本子上。一边量，他一边仔细询问我在穿衣上的要求和习惯。我偷偷瞥了一眼那本子，上面除了记下量身数字，还事无巨细地记录了我提出的问题。本子上还有其他顾客的名字，后面同样记着数据和文字。看着他一丝不苟的表情，我的心安稳下来，决定订做一套西装。他帮我挑了深藏青色的呢绒衣料，比画着成衣的样子。我付了定金离开时，他给了一张纸条，上面写着取衣服的时间。

到了纸条上写的时间，我去取衣服，还是那位残疾老板接待我。我试穿了一下，衣服无论是长短、胖瘦都合身，重点是衣服的前摆没有下垂。穿衣镜里的我，穿着特别熨帖合身的衣服，人也显得精神干练。女儿直夸我年轻了，就像整了容一般。女儿的话有夸张的成分，但我听着心里舒服。

我拉住老板的手紧紧地握一下，表达我的感激之情。多年来，这套西装是我穿在身上感觉最合身的衣服。当我看到他拄着拐杖忙碌的身影时，油然产生敬意，在大家都在追求时尚、放弃传统手艺的时候，他坚持了下来。我特别想知道他的故事。

原来，老板小时候不幸患了小儿麻痹症，为了养活自己，曾做过很多工作。因为腿脚的原因，一直被人嫌弃。他需要一份为他量身定做的工作，但是没有单位根据他的条件而设置工作岗位。于是，他认真规划了自己的人生，从自身条件出发，做了缝纫师，他认为这个职业就是为他而生的。从学徒到出师，再到开店，他见证了这个行业从兴盛到消亡。在潮流的冲击下，很多同行选择改行，只有他坚持了下来，从他身上我发现了"工匠精神"。

从缝纫店里出来，我便穿着新做的西装，要好好地体验量身定做的那种感觉，心想，这定做的衣服虽然没有品牌，但是穿着合身、舒服，适合我自己。女儿说，下一次她也要请这位缝纫师做衣服，她也要做一回自己的模特。

生命的最后姿势

在我暂时借住的农家庭院中心的地面上，放置着一只破旧的自行车轮胎，外层的花纹已经磨平，上面布满了灰土。轮胎显然是无用废弃的，昨天这家庭院主人的小孩从野外捡到，当着玩具一路滚回来，又随手丢弃在这里。

我早晨起来，一脚踏出门槛，就看到这一个破旧的轮胎，别扭地丢在庭院中。看来主人暂时还没有把轮胎清理走的意思。我站在庭院感受一下农家风情，而这轮胎破旧、肮脏，与墙角的花草、屋檐下的木凳等一起映入眼帘，实在是败兴。于是，我毫不犹豫地抬起脚，调动全身怒气，对着轮胎重重地踢了下去。

如果轮胎知道喊疼，受我一踢一定会惨叫一声，然后揉着伤痛处受了伤似的，歪歪扭扭从地上爬起来，极不情愿地向前滚动着逃走吧。现实只能是，我一脚下去，一个小小的黑点从轮胎上掉落下来，完全违背了自由落体运动规律。带着满腹好奇，我急忙趋步上前，低下身子细看，原来是一只小小的黑蜘蛛悬着蛛丝吊了下来。

昨天，轮胎经过小孩一番翻江倒海般地折腾，蜘蛛居然没有舍得离开，今天却掉下来了，难道是我用力过猛？蜘蛛如此留恋这个轮胎，大概是把轮胎当成自己的家了，准备在里面幸福地吐丝、结网、捉虫，快乐地游戏玩耍。不过，这一切，因为小孩和我的出现，让这个美梦成为了过去。

或许是受了惊吓，蜘蛛伏在地上一动不动。我在电视上的动物世界栏目了解一个知识，经过千百万年的进化，蜘蛛已学会了用诈死的方法欺骗天敌。但是这一次，它的对手是自诩为万物之灵的人。对于蜘蛛下一步的反应，我兴致勃勃地观察起来。此刻，在蜘蛛眼里，我或许就是主宰它生死的上帝。

时间分分秒秒地流逝着，蜘蛛还是静静地伏在地上，它的身体似乎真的摔碎了。我依然静静地注视着，耐心地看着蜘蛛会玩什么样的把戏。当然，蜘蛛应该不会永远一动不动。可能因为我正虎视眈眈地盯着，随时都有可能夺去它的生命，说不定蜘蛛正转动眼睛观察着地理环境，猜度着正盯着它的这个人的心思，谋划一个脱身的计谋。

蜘蛛确定了我没有伤害它的意图和举动，以为危机解除了，身子轻微地动了几下，稍作休整后又动了几下，大概是在做逃跑前的热身运动。我故意猛地一跺脚，蜘蛛急忙收缩了身子，伏在地上不动了，似乎受到了惊吓，心脏病发作暴毙——这样小小的伎俩，瞒不了我的火眼金睛，它故技重施只有一个目的，就是等待时机。

早晨的阳光翻越围墙，照在我的身上，在地面上投射下巨大的阴影，就像一座高山沉沉地压在蜘蛛的背上。蜘蛛大概是感受到了我的存在对它的生命构成了巨大的威胁。是选择匍匐地上继续诈死，希望逃过一劫？还是选择夺路逃跑，争取一线生机？这个抉择关乎生死存亡，不能轻易作出决定，但蜘蛛必须作出选择。

这一次，蜘蛛一定是经过深思熟虑的，没有任何征兆地突然行动，仓皇地向着大门方向奔逃。大门的后面就是堂屋，堂屋里有各种家具和杂物，它随便找一个地方就能隐藏起来，躲过这次劫难。拼命奔逃的蜘蛛在地面上划出一条快速延伸的黑线。

蜘蛛会在屋角张起蛛网，在墙上安家落户。这样不太卫生，而且有碍观瞻，我一向不喜欢这种动物。

仅仅是一念而过，我决定立即追赶过去消灭它，抬起一只脚迅速踩了下去，随即听到了"啪"的一声脆响。我惊惧地茫然四顾，是不是淘气的主家小孩在放鞭炮。但是庭院里除了我没有其他人，地面上也没有鞭炮爆炸后留下的纸屑，空气中也没有硝烟的味道，所以排除了有人放鞭炮的可能。

我立即不由得身子一软，单腿跪了下来，弯腰俯视地面，清楚地看见，刚刚还活实跑动的蜘蛛，五脏崩裂成一小团肉泥，只剩下几条纤弱细瘦的长腿，墨痕一样清晰地印在地面上——刚才那一声脆响，正是蜘蛛被我踩死的瞬间发出来的。一个小小的生命因为我一瞬的念头，瞬间从这个世界上消失了。

深深的负罪感像雷电一样击中了我，我想向一个被我杀死的生灵道歉，长久地注视着死去的蜘蛛。令我震惊的是，蜘蛛长在前面的四条腿奇迹般地保存了下来，而且每一条腿都保持着相同姿势——高高地向上托举着，仿佛四根擎天巨柱，要抵挡我泰山般压下来的脚，逃避无端而来的厄运。

对于蜘蛛来说，悬在它头顶上的一只脚，像一张无法逾越的天罗地网，一个无法抗拒的命运。但是，对生存的强烈渴望还是使蜘蛛本能地举起了那四条腿，做出最后的抗争——这是悲壮的一幕，这是血腥的一幕，这是悲剧的一幕，而我正是制造这悲剧的人。

"啪——"我的耳畔一直有那声炸响在回响，时间仿佛又停止在我的脚刚踩下去的那一刻。我听到的是一个生命消失的声音，心突然紧紧地揪疼起来。我没有料到一只如此弱小的蜘蛛，会在生命的最后时刻，发出如此令人心碎的嘶喊或呼救。覆水难收，我已经无法收回踩下去的那一脚，挽回一个生命。

蜘蛛还保持着生命最后时刻的姿势——前面四条腿向上高高地举着，仿佛是在向上苍控诉生命的不公，又好像向我愤怒地挥动手臂。它是否想告诉我，无论多么弱小的生命都有活着的权利，都要自由生存，共同享有地球家园。人类应与任何生物和平共存，不应肆意侵犯它们。

这只蜘蛛的死，给我留下强烈震撼。我会永远铭记，对每一个弱小的生命都要始终保持敬畏；要敢于和强者抗争，保持一颗永不屈服的心。

月光下散步的刺猬

　　小城的绿化越来越好了，仿佛成为绿色海洋中的岛屿，每条街道的两侧是一棵树挨着一棵树，纵贯南北的西塘河两岸鸟鸣声声，废窑厂改建而成的双湖公园不仅美轮美奂，而且浓荫匝地、鸟语花香，觅得闲暇时，我常常来这些地方散步。不过，迁到新居之后，我发现了散步好去处，离家不远的那条街道紧挨着一片小树林，树林那边是一条潺潺流淌的小河，清幽佳静而符合我的意趣。

　　近日，常有人说在小树林附近见到了"怪物"，偏偏我没有见过，在宁静的夜晚又多了个念想，出于好奇，又有几分侥幸，希望与它来个不期而遇。

　　在一个月朗星稀的夜晚，我拉上妻子一起出去散步，沿着既定的路线，我们一起慢慢走着，接近那片小树林时，夜晚仿佛一下子被过滤了，月色如泻地如水银一般铺过来，街道仿佛浮在月光里，每一脚踏下去，月光的光波都荡起一圈圈涟漪。如此静谧美好的夜晚，我似乎能够听到夜的心跳声。本来我们还小声地说着话，此时再也不愿发出声音，脚步也放得很轻，我们不愿打破这夜晚的静谧。

习习凉风裹挟着湿润的水汽从小河边吹过来，吹在脸上凉凉的，舒服而惬意；青草香味在空气里弥漫，丝丝缕缕地钻进鼻孔，甜甜的；风与树叶絮絮叨叨地说着话，从树林里泄露出一两句，仿佛是情人在窃窃私语，旁人只可意会而不懂所云，唧唧虫鸣声躲在路边的草丛里此起彼伏，那是他们在歌咏流金岁月的美好……

这样的夜晚，在月光下散步，不啻于一场灵魂与心灵约会，我完全放开身心，如痴如醉地享受着这难得的夜色。

忽然，我听见前方有隐隐约约的说话声，竖起耳朵仔细地分辨，叽叽喳喳的，细细碎碎的，听得并不十分真切，但能听出说话的声音柔和、悦耳，应该是女孩子的声音。我抬眼望去，前方影影绰绰的，有人在动。我和妻子快步向前，果然有几个女孩，她们停在路边，一会儿蹲下身子，一会儿站立起来，一会儿分散开来，一会儿聚到一起，仿佛在讨论着什么。这样美丽的夜晚，这样幽静的道路，适合相爱的人散步，或几个知心的好友一起吹风。嬉闹、闲聊或争吵，都是一种奢侈和浪费。

走到女孩们身边的时候，我才看到她们是在讨论一只刺猬，准确地说是在为一只刺猬发愁和焦虑。顺着她们的目光，我果然看到了一只刺猬，这大概就是人们传说中的"怪物"。我非常惊喜，我们这里是平原地区，没有山陵，也没有土丘，我只在电视上见过这种小动物。大概是现在绿化好了，它才出现于此。

说实话，之前我没有见过活生生的刺猬，能够野外遇上野生小刺猬，真感到惊喜。我连忙蹲下身子仔细地看着，这只刺猬的前肢搭在低矮的台阶上面，努力地向上攀爬，当后肢离开地面、头搭在台阶上时，刺猬就重重地摔下来，在地上翻滚几圈，似乎摔疼了，然后蜷缩着身体休息一会儿，又重新站起来，继续向台阶上攀爬，却始终是一次次失败。我认为它的身体受了伤。

刺猬努力很多次，都没有成功。我推断这只刺猬不会成功爬上台阶，在我来之前，它已经失败过很多次，即使它不认输，也会因为笨重且体力不支而倒下。这时，我才懂得女孩们为什么会发愁和焦虑了。刺猬似乎很倔强，并没有放弃，一次次摔倒，又一次次爬起。我不知道它小小的身体里有着怎样的信念。猜想在台阶另一边小树林和草地里，一定有它温暖的家和它亲密的家人，以及它熟悉的环境。现在，一条竖立的台阶就像一座陡峭的崖壁，横亘在它面前，挡住了它通往幸福的路。

看我蹲下来，女孩子们一个个蹲下身子，劝我不要去伤害它，我当然是不会去伤害它的，只是静静地看着。女孩子们不停地讨论着帮助刺猬脱困的方法，始终没有一个可行的意见，突然一个女孩伸出手试图帮助刺猬，但是她很快惊呼着将手缩了回来——刺猬一定是刺痛了她。女孩们唏嘘不已，充满了失望。不过，手被刺痛的女孩有了新的发现，她说这一只刺猬肚子圆圆、鼓鼓的，一定是个母刺猬，肚子里肯定怀着宝宝了，不然这么一点高的台阶，怎么就爬不上去？

如果刺猬就这样留在台阶下面，就有可能被人踩伤，或被路过车子碾死……如果那样，就会毁掉刺猬一家子的幸福。女孩子们束手无策，进退两难。

站在一旁的妻子也蹲了下来，看了一会儿，拿手指着刺猬圆圆的肚子说，这只刺猬说不定也是趁着月色出来散步的，过于贪恋景色，一不小心从台阶摔了下来，如果长时间不能赶回去，它的家人一定会很担心，说不定正四处寻找呢。我暗暗地责怪这一只粗心的刺猬，但是转念又一想，月色如此迷人的夜晚，又有谁会愿意错过呢？这些可爱的女孩们、我和妻子，还有在这条道路上散步的人，不都出来了吗？

妻子拿眼神试探着看过来，我读懂了她的意思，希望我伸出援手，帮助这只刺猬脱离困境，让它平安回家。

刺猬还在不停努力着，我被它绝不气馁的精神感动了，大脑里搜寻着解救的方法，突然灵光一现，我蓦然想起了看过的动物世界节目。猎食者如果要对刺猬发起攻击，往往都是找准刺猬的肚子，因为那里最软弱……

我有办法了！在刺猬再一次攀爬的时候，我伸出手掌轻轻托起刺猬的肚子，或许是本能反应，刺猬立即蜷缩起身子，坚硬的刺像钢针一样扎入我的掌心，一阵疼痛迅速通过掌心传遍全身，我几乎立即要抽手离开，但我没有放弃，一咬牙，迅速一抬手，将刺猬稳稳地送到了台阶上面。

在女孩子们的欢呼声里，刺猬迅速钻进了草丛，只留下明晃晃的月光，在草尖上闪动。妻子问我的手疼不疼，我握了握她的手轻声说不疼。其实，我真的感觉很疼。只是我不想说出来，因为这样的疼痛会让我永远记住这个美丽的夜晚，记住这一只在月光下散步的刺猬。

女孩子们开心地走了，看着她们远去的背影，我和妻子相约明晚还来散步，希望再次遇见这一只怀着宝宝的刺猬，那时它的丈夫能够陪在它身边。

寻觅雨花石的笑容

孩提时，我就听闻过雨花石。初时并没有感觉，但是听得多了，就隐隐有些好奇，什么样的石头能够被当作珍宝似的提起。当然，这种好奇只是一个闪念，没有扎下根来。长大后，一次，陪一位远来的朋友聊天，他说起自己拥有一块雨花石，晶莹剔透，里面呈现一幅图案，一张人脸微笑着，真是美妙极了。于是，对雨花石的好奇就在我心底潜滋暗长起来，因为我没有亲眼见过，所以一直引以为遗憾。

或许正是这求之不得、念念不忘，让我对雨花石一往情深。单是雨花石的名字，雨花加上石这两个美妙词语的组合，就能勾起我无限遐思。"天也物也，物有不足，故昔女娲氏炼五色之石，以补其阙。"战国时代的《列子》一书中这一段话，更是为雨花石增添了无限神秘。

我曾暗自想象，一点雨从高空里落下来，在一颗石头上开出一朵花来，应该是怎样的一个美妙景象呢。这个过程，就像一滴树脂从高高的树上做自由落体运动，恰好包裹一只飞过的蝴蝶，经过千万年时间的沉淀，这个组合终于石化，变化成琥珀，成为人们心中珍贵稀罕物。

拥有一块雨花石，成为我心中的一个不小的愿望。有时外出散步，低头看到地上有一个小石子，就会忍不住弯腰捡起来细看一番，臆想着这是否为一块从天而降的雨花石。当然，这只是我的一个可笑的空想。因为我生活的盐城市，是全国唯一没有山的城市，不说从高处滚落下来一块石头，就是溪水中连一颗土生土长的鹅卵石都不容易找到。

雨花石仿佛夺走了我的魂，让我数次拐进附近的建筑工地，只为在那一大堆砂石里，按照想象中雨花石的样子，寻找一两块漂亮的小石头，小心地放置在家中。

有一次，我陪朋友在小城的双湖公园游玩，偶然看到水边居然有漂亮的鹅卵石，光滑、圆润，有着好看的花纹，觉得这也是难得的石中珍品。那时我就想，雨花石大概就是这个样子吧！我一时心动，一路捡着、挑着，要把它们带回家去，放在一抬眼能看到的地方，一伸手能触摸到的地方。朋友笑我痴、笑我愚，说真正的雨花石，不是那些顽石所能比拟的，它的美，像织女的云锦，是大师笔下的绘画……用文字难以描摹的。看着手中渐渐褪去水色的鹅卵石，那一开始让我惊艳的美，也渐行渐远，真正成了一块普通平常石头。鹅卵石的美是水映衬的，离开了水它就失去了装饰，美就会枯竭。

雨花石究竟是怎样的石头呢？拿出手机网搜了一下，仅仅是一瞥，发现雨花石竟然是五彩斑斓，有各种美丽的图案，居然是网上叫卖的热销商品，被所谓玩家珍藏或倒卖，身价不菲呢。

一年夏天我去南京旅游，夜游夫子庙，在一家店铺里，一堆琳琅满目的小商品中，发现有一片东西斑斓多彩、散发着迷人的光。我连忙趋步上前，注目一看，竟然是一块块小石头，那么的精美别致，颜色有白、乳白、微黄，也有红、紫、绿、黑等，还有由不同颜色条纹组成的不同形状的玛瑙……我惊呆了，世间竟有如许漂亮的石头！我小心地捡起一块捧在掌心里，感觉特别温润，心底也生出些柔软。我深情地注视着，就像观赏一件世间罕见的瑰宝，目光所及，好似能在上面留下划痕。

哦！雨花石，这就是雨花石。顷刻间我为以前自以为是感到后悔。只有真正见到，才能欣赏雨花石无法描述的美，店主热情地向我介绍着，雨花石是一种天然玛瑙石，也称文石、观赏石、幸运石，被誉为"天赐国宝""石中皇后"。我正感叹千载难逢准备掏钱买上几块，却被同行的朋友拦住了，说明天可以去雨花台自己捡拾。

听同行的人介绍说，相传南朝梁武帝时期，佛教盛行，高僧云光法师常在雨花台高座寺后的山顶设坛讲经，有僧侣五百余人，围坐聆听，大师讲得精彩，众人听得入神，盛况空前。此景感动了佛祖，遂落花如雨，化作遍地绚丽的石子，雨花台由此得名。

在去雨花台的路上，我心里激动地想着，在雨花台不仅能祭拜烈士接受爱国主义教育，还可以捡拾一些梦寐以求的雨花石，真是

寻觅雨花石的笑容

幸事一桩。虽然历经多年，好看的雨花石可能都被人捡走了，但终归还是会有的，我可能成为幸运的捡漏者，即使没有店铺里卖的那么好看，但最起码不会是假的。

到了雨花台，我沿着路标一路向前，一点也没有感觉到天气的炎热，山上聒噪不止的蝉鸣仿佛是引导我的信号，我心潮澎湃，分别拜访了雨花阁、甘露井、甘露井亭、二忠祠、乾隆御碑亭、李杰墓、明太监义会碑、杨邦乂剖心处、方孝孺墓等20余处名胜古迹、楼台亭阁馆。每到一处，我都钻林登高岩，在山上的犄角旮旯里搜寻雨花石。遗憾的是，我只捡到几块普通小石头，没有觅见到雨花石的倩影，只有叹息运气不佳。

下山的时候，我还心有不甘心、暗自纳闷：雨花台有如此美丽的传说，怎么就没有雨花石呢？我再次在上网查证。这一次，我静心认真阅读了搜索结果，看到这样一段文字：一般提到雨花石人们通常会联想到南京雨花台，都以为雨花石来自雨花台一带，实际上这是误解。雨花石是世界观赏石中的一朵奇葩，她主要产自扬子江畔、风光旖旎的南京六合和仪征月塘。

原来是我望文生义，犯下了与许多人相同的美丽错误。

我以为要与雨花石擦肩而过了，带着懊恼赶往下一站总统府，当我在总统府内的先锋书店里买书时，再一次遇见了雨花石。这一次，我对它有了一定的了解。"欣赏雨花石，追求的是石头上的花纹'意境'，所谓景外之景、图外之画、弦外之音，无论诗情、画意、神采、文韵，都包含在意境之中。"

出于对先锋书店的信任，左挑右选之后，我买下了几块雨花石，小心翼翼地收起来。有一块仿若秋光的雨花石，我要把它穿根绳挂在脖子上，贴在心窝上，安慰我的心神。

回来的路上，我说起买的雨花石，同行的一位朋友说有一首叫《雨花石》的歌很好听，随即车载音响里就播放了出来，"我是一颗小小的石头 / 深深的埋在泥土之中 / 你的影子已看不清 / 我还在寻觅当初你的笑容。"歌声起落，我心暗中一动，原来这一趟南京之旅，圆满完成了我孩提时心中的美好愿意。

在路边摊上别样体验

一路颠簸了 6 个多小时，我到达县城的车站时，天已经完全黑了。

下了车，外面仍然有些燥热的风迎面吹来，困顿的精神好了许多，头脑也清醒了，才感到肚子饿得厉害，想起从旅游景区到现在还没有吃饭呢。提着衣服的下摆扇了扇凉风，身上黏糊糊的。在这样的时间点，这样的环境，就是给一桌大餐我也是没有一点胃口，喝上一碗热粥倒是挺惬意的。

说起要喝粥，开车来接我的朋友立即来了兴致，似乎要吊我的胃口，掰着指头如数家珍地介绍几家有名的饭店来。

小县城不大，喝粥倒是有几个好去处，冠冕堂皇取名为某某粥店的就有五六家，无一不是装潢精美雅致，环境设施整洁卫生，菜品齐全丰富，服务员穿得衣帽整齐……这些粥店把每一个工作细节都做到了极致，无一处不显示着高端大气上档次。这样的粥店我去过几次，三四个人走进去，每次消费都要二百元左右，以小县城的消费水平来说是贵了不少。但是因为这些店位于繁华地段，靠近商业中心，生意自然也不错。每次进去，粥店都是客人满座，他们三四个人围坐在一个桌子旁，店里反复播放着的悠扬音乐烘托出高雅的氛围，客人低着头慢慢喝粥，悠然自得，很是享受。

现在人们生活水平提高了、工作节奏加快，很少有人能够静下心来，坐在炉前慢慢地熬一锅粥，然后一家子围坐一起品尝、说闲话。紧张忙碌的生活单调枯燥，更是充满各种挑战和问题，缺乏情趣。在饭店喝粥，图的就是方便和省心，也可缓解一下生活节奏。任何时候，心情好了，我就呼朋引伴鱼贯到粥店，找一个远离喧嚣、阳光恰好的位置坐下来，摆上满满一桌子，不仅看着舒心，而且还能安慰一下肚腹。

还有，在粥店里可以品尝更多种类的粥，有黑米粥、南瓜粥、豆昔子粥等等，只有想不到没有做不到，这是在家里无法做到的。每个人都可以根据自己的口味和喜好选择不同的粥，搭配上自己钟爱的小菜，一顿粥也能喝得多滋多味。这样，一家人在粥店可以各取所需，又能畅谈欢聊，一举多得，何乐而不为呢。

朋友开着车在街道上穿梭，路过那些熟悉的粥店，他几乎没有停下来的意思，一脸神秘地说，发现一个好地方——那个粥店特别有意思，他已经去过多次。他的表情暴露了他的想法，那就是去了还想去，吃过了还想吃，完全是一个吃货。

朋友是一个真诚的人，难得如此推崇一家粥店，但是他一直缄口不言，他要给我一个惊喜，就像相声演员要把包袱留到最后才抖，以期获得最热烈的笑声，满足他的心理预期。我怀揣着一分好奇，看着车子左一个拐弯，右一个拐弯，经过几个红绿灯后，终于在一个安静的路边慢慢停下来。然后他领着我沿一小路前行，路灯透过行道树投射下来，影影绰绰的。路边没有店面的灯光闪烁，走在砖头铺设的人行道上，我仿佛影子一般，融入这夜色里。

我是个路盲，尤其在晚上，每次从车上到一个地方，都要花点时间才能辨清方向和位置。我向街道两侧看了又看，觉得这里既熟悉又陌生。这一段路，以前我一个人散步时走过几次，并不属于城市的主干道。因为城市的中心向南迁移，这里已经属于老城区了。路的两侧只有零星的几个店面和几家银行，大体还能看出以前的热闹和繁华。向前走了大约 50 米，朋友指着前面的灯光说，前面就是了。

我睁大眼睛细看，没有发现前面有店面，只有依稀的人影在晃动。朋友看我狐疑的样子，指着前面挑起的一盏灯说，有没有看见灯光下有一个摊子，那就是今天带你来品粥的地方。

于是，我趋步上前，终于看清灯光下真有一个摊子，是粥摊，不是粥店。一时间我还蒙住了，怀疑来错了地方——这不符合朋友的消费风格啊！

这位朋友，我们已经认识好多年了，是那种有些闲钱又有闲情，惯于小资情调的人。他对生活品质要求比较高，穿着讲究舒适怡人，料子最好是棉麻的或丝绸的；吃的则讲究健康绿色，最好是自家地里种的；住的地方安静雅致，还要绿水环绕。就是这样的一个人，怎么会跑到这个地方喝粥呢。

我站在原地向四下看看，真没有看到这附近还有粥店。再瞅了又瞅朋友，发现他真的没有变样，还是一如既往的淡定从容。朋友似乎明白了我的疑惑不解，嘿嘿一笑说，今天就是在这儿喝粥，你一定不会失望的。

有那么一刻，我甚至胡乱地想，他不会是破产了吧，或者纯粹是想恶搞一下，从高大上的粥店到不避风雨的路边摊，这变化实在太大了。

我定了定神，开始打量摆在银行门口的粥摊，粥摊不大，有四五张长桌子。此刻正有人埋头喝粥，旁边放着一个玻璃柜子防灰尘，里面放着各种小菜。紧挨着柜子的是一个三轮电动车，车上安放着灶头、煤气罐等厨具，这一套工具就足以做出一碗碗粥了，但不知道味道如何，竟能吸引朋友特意拉我来品尝。我留意了一下，工作人员就两个，应该是夫妻，男的掌勺兼收钱，女的做跑腿的服务员。当然他们的分工并不是非常明确，经常是互相补位。两人谁有空，就去收拾桌上的碗筷，为刚来的客人腾出位子。

我找了一处位子背对着街道坐下来，初次到这种路边吃饭，还真有些手足无措。朋友倒是习以为常，大大咧咧坐在我对面，看着街道，说是可以一边喝粥，一边欣赏街上风情。

看这架势，他应该来过几次了。身子刚坐定，那女服务员立即跑过来问吃点什么。我连忙起身走到三轮车边，带着一点好奇心看朋友点些什么，令我惊讶的是，就这么一个小小的路边摊，吃食花样倒是齐全，粥有四五种，小菜也有七八种，就像一间微缩版的粥店，样样精致，若不是用心看，还真是不会发现呢。

凑近粥锅，我轻轻嗅闻了一下，顿感有丝丝缕缕的香气直入肺腑。这几天旅游辛苦了，据说黑米粥养生，我就点了黑米粥。再看小菜，一样样也是色香味俱全。吃腻了塘里养殖的鱼，朋友说这里小鱼咸就是河里捕的野生鱼，也一并点了。很快，一粥一鱼就摆在我面前了。光是看着，肚子就咕咕叫得更响了，就不再管朋友的粥菜有没有上来，抄起筷子就吃起来。

本来我一直认为，路边摊卖的饭菜只是让人果腹，谈不上什么滋味，登不了大雅之堂。这一粥一菜是简单凑合，只是因为实惠才引来顾客，顾客也是为了解决温饱才到这里来的。

我尝试着浅啜了一小口粥，小心翼翼的样子仿佛这碗里被人下了毒药似的。当这一小口经过舌尖的检验，大脑立刻反馈了鉴定结果：今天来对了地方！难怪我如此讲究的朋友愿意委身陋巷，不惧车来人往、灰土飞扬，坐在路边喝粥。黑米粥熬得恰到好处，香稠爽口；小鱼咸也是做得不错，鲜辣有味。我不禁对周围的一切忘乎所以，只一心品尝起这难得的美味来。

在路边，没有婉转抒情的音乐，车辆呼啸而过，但是我却没有感觉到任何烦躁，喝粥时响亮地咂着嘴，也不在意自己的吃相是否优雅。这里没有空调送冷风，只有蒸腾的热浪，但是我可以任由汗水肆意地流淌，释放出积压在身体里的燥热，几天来顶着烈日奔波产生的疲惫和困顿一扫而空，精神顿时舒爽了许多。

坐在路边，我吧嗒吧嗒地咂着嘴，呼噜呼噜地喝着粥，汗水从头顶冒出来，从脸庞流出来，从后背上渗出来……那种畅快和惬意无以言说，身体上的每一个毛孔都知道，就是痛快和舒服。大快朵颐之余，我抬起头看着朋友一脸的汗水，暗暗思忖，若是在雅致粥店里也这样肆意，他人，不是指着偷偷议论，便会捂着嘴窃笑，还会怀疑我们可能是难民，不知饿了多少天，他们的优雅会更加衬托出我们的粗鲁和缺少教养。但是在这里，没有人会在意我们，坐在这里的人就应该无拘无束，怎么舒心怎么来。梁山好汉喜欢大碗喝酒大块吃肉那是一种豪爽，那么我大碗喝粥大块吃鱼，何尝不也是一种人生快意。

想到了这里，那些平时约束我的减肥节食的箴言早已抛到脑后。我胃口大开，一连喝了三大碗粥，吃了三碟小鱼咸，汗流浃背时被热风一吹，顿时惬意无比。

肚皮已经圆了，我的嘴还不想鸣金收兵，可是几个响亮的饱嗝提醒我不得不放下碗筷。我不想立即站起来走开，竟然舍不得离开这里，羡慕地看着其他顾客喝粥，他们一脸享受的样子，喝粥时发出的响声是这夜里最真实的人间烟火味。

在路边摊喝粥，真有一番别样风味。饭菜可口与否只有自己的肚皮知道，那些只在乎酒店装修样式、餐桌椅是否考究、服务员的笑声是否甜美的吃饭，就是吃给别人看的。我边走边摸着满足的肚皮暗暗地说，下次还来这里喝粥。

在路边摊上别样体验

进城的乡间树

在冬天的午后，我喜欢一个人在街头散步，让阳光拂在脸上，电流一样穿过我的棉衣，让温暖这个具有力量的词，深入内心，又如炭火的火星将一粒粒滚烫，迸进我身体里每一个潮湿的角落。

我的散步路线，一般会选择家东边的一条道路，位于小城的湖边上，行人和车辆较少，而且道路两侧排列着犹如豪华仪仗般的陈设——一棵棵整齐的树。

这些树并不高大，但胜在枝叶繁密。我喜欢这里的寂静，没有过多匆匆而过的脚步和车马喧嚣，可以由着心情调整步伐：可以慢慢踱着步子，边走边看，欣赏街上四季轮换的风景；可以"聊发少年狂"，欢呼雀跃，对月而歌，不用在意别人的眼光。因为随性，因为喜欢，我拥有了许多名利不能给予我的快乐，发现不同于别处的风景。

鲁迅先生说，世上本没有路，走的人多了，也便成了路。请允许我套用先生的话，世上本没有风景，看的人多了，也便成了风景。我去过许多大大小小的城市，发现城市街道两侧大多种植有常绿树。我生活的小城不能例外，那些树木也是千篇一律的面孔、相似的容颜，仿佛是谁躲在暗处操控把持着这一切。

我喜欢这条道路，最主要一个原因，是道路逃过了那一双手的操控，有了自己的独特风采。路两侧赫然生长着一棵棵落叶乔木，是乡间常见的那些自由生长、遮天蔽日的树，有高大的梧桐树、笔直的榆树、结果子的楝树等等。它们随性自由盘曲生长的姿势，是小城里其他街道上没有的风景。

冬天，在这条道路上散步，更容易让我与这些树亲近，抚摸着它们的枝干，诉说风花雪月，还有暑热寒霜。在春夏秋三季，这些树和其他常绿树没有什么两样，都是枝繁叶茂，一副欣欣向荣的样子。但是到了秋末，唯有它们才会叶黄枝枯，像是盛妆美女卸去满脸铅华，以一副朴素的面孔示人，呈现出独特风情和别样的美。这般景象在那些常绿树中间是独有的，总是能让人一眼认出，为它们的荣枯生死感慨，借以产生无尽的联想。所谓人生一世草木一秋。

我的童年在乡村度过，对乡间的那些树有着特别的感情，如今更是愿意回忆它们。它们每一片翻动的树叶，都是一只转动着的含水的眸子，深情而脉脉，于我都是一种凝视和回望，让我没有任何阻碍地抵达彼此的内心。

在我的记忆里，儿时生活的乡村，宛如唐诗里的一句句诗词："绿树村边合，青山郭外斜。""榆柳荫后檐，桃李罗堂前。"或是"孟夏草木长，绕屋树扶疏。"如果一定要把乡村比喻成一段完整的句子，乡村里的那些树既是主语，又是谓语，还是宾语，同时还是定状补。可以说没有树，就没有生机，居舍便无精神，更没有村庄里百鸟和鸣，乡村人家更缺少了独有的安静祥和。

只要跟着一只狗或一群鸡鸭在村庄遛一圈，人们都会发现，每户人家的屋前屋后都生长着树，每条河、路的边上生长着树，这些树是村庄里的土著和原住民，甚至是祖先的荫庇，成为后辈人心中的神灵。它们的名字就像村庄里的名字，大榆树下、皂角庄、桑楼村、杨树沟、柳树梁……它们与村民朝夕相见、遮风挡雨，是乡亲们的兄弟姐妹，守望的友邻。

进城很多年，我已经很少见到这些乡村的自由生长的树，只有在梦中才会偶尔爬上大树，或者夏日里在浓密的树荫下玩耍。思念得久了，我只有偷得半日空闲，回乡下去见见它们，共忆人世沧桑。儿时我喜欢爬树，与乡下的鸟雀常见常熟，花喜鹊认下了我这个小伙伴。虽然少小离家音容已改，但是彼此的感情还在。

今天散步时候，一只花喜鹊像是认出了我，亲热地问候着，只听见"喳"地一声，扑扑棱棱扇动翅膀从树上飞起来，一些细小的树枝被它折断，簌簌地轻盈盈地落下，在我的脚下蹦跳了一下，又重重地回到地面，发出细小而清脆的响声，像是叹息，又像一声招呼，然后碎碎地、乱乱地躺在我面前。干燥、枯瘦，皴黑，是这些树枝全部的形容，有一点点寂寞。

流动在叶脉里的汩汩绿色血液，逐渐停滞、干涸；生机蓬勃的枝叶，随着四季轮回枯萎荣华，最终化为根下泥土。曾经停留在树枝上欢叫的鸟，也选择离去，择木而栖，毫无留恋、果断决绝，这是时间季节和大地生命的规律。

这些遵照自然规律自由生长的树，笔直或虬曲的树干是深情的，它们会抓紧生命存活的每一天，春生夏长、秋收冬藏，不怨天地，哪惧寒霜，与清风流云相舞，雪花明月同美，淡然地面对一切。

这座小城四季分明，位居地理分界之中间，冬天特别地寒冷，朔风像一把剃刀，剃掉了这些树的繁华和娇美，只剩顽强的躯干屹立风雪中，等待下一个春天。

我一边走一边默默地看着路边的树木，没有悲伤难过，反而有一点欢喜，该走总是要走，留也留不住，这是树的宿命，也是大自然的规律。我喜欢自由生长的树，它们性格分明、生命多姿，把时间的生死荣枯都经历了。不像那些人工培育栽植的常绿树，一成不变地活着，波澜不惊，生如枯木，呆板单一。

秋风起，枝叶枯落，它们很快会被环卫工人清理走，在另一个地方慢慢化作泥土，成为花草或者树的沃壤。从乡间搬迁来城市的树，与我始终心有戚戚焉，地上这些小树枝是它们在这个冬天里写给我的书信：它们并没有死去，只是作短暂的睡眠。

我知之心遂安。

期待春天再会。

121

跳好每个人的舞步

西塘河畔的早晨，春日阳光温暖热烈，从天空泼洒倾泻下来，在刚吐绿的草、树叶上镀了一层金，天地间一片暖暖的黄，树上的鸟儿欢快起来，唱着婉转动人的歌。这样的春天，应该是美丽、迷人的，值得风在枝叶上恋恋不舍，留住了多少寻找美丽的目光！然而，西塘河现在却是冷冷清清，寂寂寞寞，很难寻觅到踏春的身影。

我骑着山地车，风一样在西塘河畔的自行车道上穿行，乘着暖暖的春风，听着甜美的鸟鸣，心里痒痒的、骨头酥酥的。我恨不得立即跳下车，忘乎所以地大喊大叫，然后脱下鞋袜，光着脚丫在草地上追风奔跑，小姑娘似的矫情地大喊大叫，或者干脆在地上打个滚儿，使劲闻一闻草木的清香。拔一根青草，与四处散步的小蚂蚁讨论一下天气。累了、困了，就仰面躺着，在嘴里衔一根青草，看着天上奔跑、舒卷的流云。如果再任性一些，就在脸上盖一顶帽子，美美地睡一觉，在梦里与春天来个美丽的约会。这毕竟是我的一个梦想，因为生活的琐碎和工作繁忙，这个梦想只能一直压在心底。

今时不同于往日，我有充裕的时间，可以恣意尽性安排。但是我一刻也不敢停留，只能把心里燃烧激荡的欲望和情感紧紧掩藏，手抚着胸口安慰、告诫并提醒自己说，待到明年春天，一定会如约而至。因为当前，远在千里之外的武汉，有一场战役正在打响，新冠肺炎病毒正在肆虐，我所在的县城也有医务人员前往那里，穿上防护服支援这场生命保卫战。我还认识其中有一个小护士，瓜子脸，高高瘦瘦的，扎着长长的辫子，活泼天真，吃苦耐劳，小小年纪，成了一个勇敢的逆行者，忘我地战斗在抗疫第一线，他们才是真正的白衣天使。千里之外的我，大多的时候，在家里盯着电视机看新闻，还不时翻看一下手机里的最新的疫情讯息，期盼着生命卫士们平安健康、战胜疫情的捷报早日传来。

援武汉，战疫情。在小城里，人们自觉宅在家里，不给病毒任何传播的机会。于是，我搬张椅子坐在阳台上一边晒太阳，一边读书。那些书页发黄的旧书，平时没有空看的书，我一本本翻阅，一行行读起。若是在以往，忙得屁股不着凳子的日子，静心读书是我非常向往的生活，可是一旦拥有如此多的时间，只能禁足在家里，天天捧着书，就连"非借不能读也"的书，也翻出来读完了。书一页一页翻过去，日子一天一天逝去，假期被一次次延长。起初，我觉得蛮新鲜，天真地想着这种生活真好，可以拥有自己的时光，应该好好珍惜这样的日子。

"相看两不厌，只有敬亭山。"这是大诗人李白的境界，我终究是一个尘世凡人，坐不得十年板凳冷。时间久了，美玉一般的书捧

跳好每个人的舞步

在手中，由甘之如饴到味同嚼蜡，面目越发变得可憎起来。

于是，我开始转移视线，跟夫人争地盘，接过拖把、抢过锅铲。在室内拖地时，眼睛看着挂在墙上的地图，就当作走一遍祖国大地，游历名山胜水了；在厨房里做一次菜，把菜谱看遍，把自己当作人间食神，想做一桌满汉全席。不过，试过几次却气馁了，无奈地选择丢盔卸甲，将掌勺大权交还夫人。一番苦思冥想之后，我发现，买菜倒是一件适合我的活。从家到菜市场，一个来回得半个小时绰绰有余，戴上口罩到菜市场挑挑拣拣，路上还能呼吸新鲜空气，比困在家里好太多了。然而，几个来回后，我又腻烦了这件差事，眼里千人一面，都戴着口罩，看不见他们的喜怒哀乐，都像是机器人一般冷漠无情。在菜市场上，人们行色匆匆，仿佛都长了刺，不敢互相靠近，更别说对面聊天，最多只有目光瞬间的交流和碰撞。好个尴尬的相逢不语。

为了放松心情，我只好另辟蹊径，骑上山地自行车，特地拐一个道，与西塘河畔来一个美丽相遇，虽然只是擦肩而过，不能在此太久地逗留、放飞自我，但是心情还是美美的。在眼睛里装进春天的景色，在耳朵里灌进春天的声音，在心里留下了一个春天希望，有什么比心灵的驰骋来得更加广阔和爽快呢。

我蹬着山地车尽情地顺路快行，不必向每一棵问好，也不必向每一株草打招呼，它们不认识戴着口罩的我吧？在这个以"宅"为主题的春天，我能路过看它们毫不遮掩的美丽，已经是这个春天里最美好的事了。我还有什么不满足的呢？我不会向生活苛求什么，因为有人正在武汉，穿着厚厚的防护服紧张奋斗着，为病人第二天太阳照常升起而努力着。我唯有心怀感恩。

我经过一栋高层楼宇的时候，忽然看到低层阳台上有一位女士正对着路边的一堵围墙，指指点点。我觉得好奇，但是我没有犹豫停缓，蹬着车子绝尘而过，骑过一段距离时，我心里又诧异了，这才停下车驻足观望。这时，我注意到那位女士指的是一位扫路的清洁工，远远看上去，身材矮小。一般不会有行人注意清洁工的，但她穿着的黄色工作服，特别醒目，才进入我的视线。我仔细看着，分辨不清，便拿出手机用摄像镜头观察，才看清围墙上放着一部手机，上面应该正播放着一个视频，清洁工照着视频在学习跳舞，根据步伐，大致可以看出她学的是网络上流行的曳光步。

离开的时候，我眼前不断闪现那位清洁工学跳舞的一幕，心里忽然蹦出几个词汇：春天、一个人、舞步。这几个词汇组合起来，就是一个动人的句子：春天里一个人的舞步。想到这里，我发现病毒肆虐的这个春天，其实并不可怕，只要我们每一个人心中有着春天般的生机，调整好心态，跳好每个人的舞步，每一天都是美丽的，太阳会照常升起，明天还会更加灿烂美丽。

第三辑：那些人……

十字路口的歌声

炎炎夏日，太阳悬挂在高空巡游，到了傍晚也失去了兴致，沿着远处高楼的墙壁，慢慢沉入黑暗里，将世界还给星星和月亮。我在空调间里已经蛰伏了一天，骨头都快要被冷风吹散了，听腻了窗外绿化带里不休的蝉鸣。早早吃好晚饭走上街头，我与夜晚来个美丽的约会，跟着一缕凉风，沿着渐次亮起的街灯走街串巷。

小城不大，适合晚上散步吹风的，就是那么几条路。人民路是老街，太过逼仄，挤满了夜晚购物的人群，就是晚风也要仄过身体才能挤进去，从北到南，即使牵着狗慢慢走，也会遭遇一场淋漓的桑拿浴；秀夫路显得过于冷清，少有店铺，而且很多地段正圈着尚待开发，长长短短的围墙下，冷不丁就会冒出一块砖头瓦砾，磕磕碰碰的，还不如去走一条乡间小道；建宝路又太远，去了就是一趟远行，回程坐出租车才好。湖中路相对比较好，离家又不太远，马路又宽阔，有着不多不少的店铺，显然既热闹又不繁杂，恰好适合一边吹着习习的晚风，一边欣赏美丽的街景。

马路的人行道上，除了一个或两个行色匆匆的赶路人，大多是穿着短衣短袖散步的人，就像湍急的河流，在夜晚脚步突然放缓了，流淌成了潺潺的溪水。路过建湖宾馆，发现紧邻的银行门口，突然出现一大群人，排着整齐的队列，跟随着舒缓的音乐在跳广场舞，舒展的肢体就像水里的青荇在摇摆，白天金钱流动的宝地，晚上成了存取健康的银行。继续向前，就是东方广场，这里热闹了许多，除了跳舞运动，吸引人的就是一帮票友组织搭台的地方淮戏，方言俚语的唱腔总会让急匆匆的现代生活，溯回到那个车马和邮件都很慢的年代，只要往戏台下一杵，就能感觉到夜风凉爽了几分，心跳也缓了下来。

一路向南，我的脚步不紧不慢，仔细地发现小城，用心体悟着小城的夜色，努力将自己融入进去，成为小城的一个细胞，一起呼吸或歌唱。在小城生活将近30年，自以为熟稔了小城的人情风物，忽然发现这只是我自以为是的感觉，是经不起推敲的，路边的树、街边的建筑，在灯光的辉映下似乎都变了样，有着一种陌生感和距离感。仔细想想，这么多年来，我在电力部门工作，每天奔跑在工作的经线上，忙碌在生活的纬线上，从来就没有像现在如此从容，能够安然站定身子。退居二线放下了手头的工作，子女也成家立业了，一身了无牵挂，目光和心思都敏锐起来，不得不说，这是一件幸事。

再往前走几十米，就是十字路口。这里是比较热闹的市中心，学校、医院、健身会所等大型场所环抱，人流渐渐密集起来。忽然远远地听见有隐隐的歌声传来，我思忖了一下，在十字路口周围，没有那么大的空间跳广场舞，所以不应该有音响，也没有音乐会所，所以也不应该有人飙歌……浮想联翩着，心中油然升起一股好奇。这样的一个夜晚，适合放下一天的工作，掸掉身上的灰尘，推掉官场或商场上应酬往来，给身心放一个假，陪家人聊聊天散散步。在这样的夜晚，还会有谁走上街头放喉歌唱呢？！

小城偏安一隅，每一个日子几乎都是重复相似的，每天发生的事件不需要新闻媒体的介入，口耳相传就可以遍布每一个角落，成为茶余饭后的谈资，大多是如我一般的升斗小民，没有那么多才智和心力引领一时代的潮流，大城市里刮起的新鲜的旋风，吹到我们这儿，顶多只能摇动树叶，然后就化作尘埃，无声无息地消失，就像一滴水落入久旱的土地。至于那些追求艺术抱着乐器在街头表演，展现自己的才华的人，只会在电影电视里出现。想起在小城的街头曾经遇到过的歌手，要么是肢体有残废的人，要么是侏儒，带着一个音箱，一边放着音乐，一边抱着话筒唱歌，用着自己的劳动换取一些金钱，养活自己。对这些人我并不反感，相反，还有着一丝敬畏，热爱生活的人都是值得尊敬的人。在这个世界上，对我们来说是习以为常的生活，对别人或许努力拼搏才能得到。

我加快了脚步，我要赶过去表达我的敬意，在我的口袋里提取一把汗水，感谢他们在这个炎热的夜晚送来歌声，给劳累了一天散步的人们，送来一抹心灵上的清凉。离十字路口不远了，歌声更加响亮了。我的目光在四处逡巡游弋，除了马路中间的匆匆车流，就是人行道上怡然自得的散步人群，并没有出现我想象中的歌手。我不由自嘲地笑了起来，大概是有人在自娱自乐，播放全民K歌，提振自己的信心，准备提升自己的排名。仔细想想，也的确存在这种可能，每一个人都有获得休息的权利，残疾人也不例外。在街头唱歌挣钱养活自己的人，不会唱得这么差，他们虽然比不上专业歌

十字路口的歌声

131

手，但是歌声绝对不会跑调，不然也对不起观众，实在有损他们这个职业的形象。

已经走到十字路口，街心的红灯亮着，我停下脚步，悠闲地欣赏着夜景，发现歌声更清晰了，似乎就在耳畔环绕，我转身一看，突然发现身边不远处，还真站着一个歌手，正一手捧着手机看歌词，一手捧着话筒在歌唱。依稀的灯光里，可以看到歌手是一个年轻人，穿着白衬衫，戴着一副眼镜。瞬间，我有一种想吐的感觉，歌唱得不好倒还罢了，这不是他的错，却能厚着脸皮出来卖钱，这就是罪过了，年纪轻轻的，身体健健康康的，什么都可以做，进厂打工，送外卖、进工地砌砖头……三百六十行，总有一行适合的。可是，这样的水准出来唱歌挣钱，简直就是好吃懒做，让人唾弃的可耻行为。

内心里，我除了震撼，就是别样的"佩服"，世界上还真有这一种人，用网络上的流行语说，就是厚起脸皮天下无敌。真是世风日下，感叹之余，我想见识一下这样奇葩的年轻人，抵近身子一看，倒有些愣住了，歌手的面孔青涩，唇边上若隐若现地长着淡淡的胡髭——显然，就是一个中学生，一个少年。我怔住了，低头看了一眼他脚下的大大的黑色音箱，上面铗着一张硬纸片，工工整整写着：父亲病了，挣一些医药费，请大家多多支持，谢谢。两行字，就像耀眼的灯光一下子灼伤我的眼睛，又像结实的皮鞭狠狠地鞭挞着我的内心，藏在骨子里的所谓正直和高傲，一下崩坍塌陷，我为刚才的武断的想法感到惭愧。

一个中学生，十五六岁的少年，正是享受宠爱、亲情，恣意挥洒青春的季节。这个时候，他应该坐在空调间里，一边舒服地吃着西瓜，一边欢快地玩着游戏；或者坐在电影院里，一边惬意地喝着冷饮，一边幸福地看着火热的大片……而他，直接跳过了这无忧无虑的青春，人生的书本里无情地删除了这一个章节，过早地将自己腌制进了生活的苦涩和汗水，承担起了并不应该属于他这个年纪应该担起的重担。想想也是，少年，除了走上街头唱歌挣钱，还能做什么，还没有迈进 18 岁，无法拥有像大学生那样的自由，进茶社轻松地端盘子，或进超市体面地打暑假工，或进工厂……他没有对生活妥协，勇敢地走向街头，用自己的辛劳和汗水，力所能及地为家里分忧解难，我有什么理由指责他的歌声不动听呢。

"……每当走在汹涌的街头 / 望着那茫茫人海 / 我都会感到自己是 / 为你存在 / 告诉自己这就像一场 / 一场比赛 / 我要让我们的生命 / 变得很精彩 / 每个人都会在十字路口 / 在十字路口徘徊……"少年倾情地歌唱着汪峰的《英雄》，稚嫩的身体挺立着，就像屹立在湍急河流中心的一块巨石，流水不能改变他的姿势，只能翻卷起洁白的浪花，发出一声声的喝彩。此刻，在我的眼里，少年歌声优与劣，已经不再重要，重要的是歌声里压抑着的一种昂扬向上的力量，仿佛蓬勃汹涌着一种魔性，催动起我血管里滚烫的热血，让夜晚路灯的光亮焰火一样璀璨，照彻小城的每个窗口、草坪……我的内心灯火辉煌。

我从口袋掏出自己的"汗水"，蹲下身体把一百元纸币塞进他面前的包里，口袋里的叮当作响的硬币，让我不敢站着远远地丢进去，我是在虔诚地向少年兑换歌声，如果态度不够尊重，我将一无所获，沦为精神上的乞丐。我相信路过十字路口的人，和我一样都得到一次灵魂拯救。今夜，少年，是这座小城最大的英雄。

摆地摊的老妈妈

在一棵树皮斑驳的梧桐树下，一位老奶奶安静地坐在矮凳上，面前摊开一块塑料布，摆放着韭菜、黄豆、茼蒿……她低头剥着手中的黄豆荚。早晨的阳光从疏落的树叶缝隙间漏下来，碎碎地落在她灰白的头发上，仿佛是细碎的金子洒落下来，折射出炫目的光芒，在黑压压的人群里闪亮。

老奶奶的年龄和我母亲相差无几，故而我就称其为老妈妈，一位摆地摊的老妈妈。

早晨跑过步，顺便拐到菜市场上买菜。走到市场的东大门口，偶一抬头，我就看到了这一位老妈妈。满脸的皱纹，纵横交错的沟壑里堆满了时光的尘埃。她穿着灰黄色的衣衫，像一块石头，突兀地立在一排做生意的人中间。她的左边是一位中年妇女，肘弯里挎着一篮子鸡蛋，一眼就可以看出那些鸡蛋是农家鸡生的草鸡蛋；右边是一位五六十岁的一脸风霜的男人，提着塑料桶吆喝着卖鱼，是小草鱼和黄昂等，一瞄眼，就能够看出是河道里捞捕的野生鱼。再向两边更远处看，还有卖鹅、卖鸭的，卖冬瓜、南瓜的，应有尽有。

这些做小生意的，和老妈妈一样是"游击队员"，在菜市场里没有固定摊位，起得早摸着黑，在大门口占据一小块地方做着小生意。他们大多是从乡下赶过来，将自家地里种的、河里捞的，拿到市场上贩卖，换取一些零用的小钱。因为规模不大，每天也就是一二十个人，而且大多是一些中老年人，对菜市场的营销不会造成多大的影响和冲击，尽管有点杂乱无序，也确实影响街道卫生整洁，城管和市场管理人员有一阵子也曾经清过场，但过不了多久，他们也会悄悄地卷土重来。久而久之，这些管理人员也是只好视而不见，任由他们自由发展了。

这些"游击队员"卖的是土特产，与市场里大量贩卖人工养殖的肉菜、果蔬不一样，多了一些自然的"野味"。那些让人回味无穷的稀罕食物有：荠菜、韭菜、马齿苋、紫苏叶，长鱼、泥鳅……这些都是我心仪的，也是不少市民喜欢买来尝鲜的。

这次过来买菜，我没有走北大门，特地绕到东大门来"淘宝"。经过我的观察，只有这儿才有"游击队员"，自然才会有诱惑人的舌尖上的美味。

我在乡间长大的，对乡村事物有着特殊的情感，尤其是吃的一类，好像那些原始的食物味道可以帮助我返老还童，最起码能更深刻地回味过去的时光。其实，儿时吃东西是囫囵吞枣，粗茶淡饭也没什么可品味的，基本上是地里长的什么就吃什么，填饱肚子是我们的第一、唯一需求。那时，家里大人们总为准备一日三餐发愁，小孩根本不懂得如何用心品尝食物，才不辜负大人的一片苦心。搬

摆地摊的老妈妈

到城里生活后，家里吃的食材全部靠买。尽管这些年市场里食材品种多了，但人工培育的痕迹重了，越来越吃不出原来的味道。如此，人们自然对土生土长的东西多了一些想念，回味无穷，倒是觉得在物资紧缺的年代，反而一切能够得到的都是珍品了。如今仔细比一比，乡间地里长的瓜果蔬菜，自然纯正，有着阳光、泥土的味道，而农家自产的鸡鱼肉蛋，鲜美可口，有着青草的清香。

　　我最近工作闲下来，偶尔客串一下家庭主男，不仅可以调节神经，还可以体验生活，乐此不疲。虽然平时买菜的机会不多，但时间长了，进出菜市场也有许多次，加上一些道听途说及自己的观察，总结出了一些心得：青菜上有虫眼的，大多没有喷洒过农药；瓜果外表光鲜亮丽的，可能是涂了防腐剂；猪肉颜色太过鲜艳的，有可能是经过人为处理过……日久天长，我已经吃腻了市场里买来的蔬菜滋味，随着我离开农村生活越久，舌尖上的味蕾几乎已经忘记了大自然的气息，若不是遇见这位卖菜的老妈妈，记忆中的滋味大概还会继续潜伏。

　　我站在老妈妈身边呆呆地看着，完全忘却了身边来往的人流，神思渐行渐远，脑海里浮现出一个画面，并越来越清晰：一位老妈妈，披着星光中垂落下来的露水，蹒跚着来到自家门前的田地里，缓缓地蹲下身子弯下腰，一边粗重地喘着气，一边采摘着被露水打湿的蔬菜，有条不紊地一一放进篮子里。她动作迟缓，但是很熟练，举手投足间有着生活的美感。看得出她热爱脚下的这块土地，对地里的蔬菜倾注了很多的情感，可以与蔬菜沟通和对话。花白的头发上落着重重的露水，她没有用衣袖去擦拭一下。衣服的下摆打湿了，她也没有打算提起来，任由蔬菜的叶子轻轻牵引衣袂，手指上粘连着的泥土似乎对她依依不舍……这一切，她都习以为常。她的目光坚定而充满喜悦，采摘那些蔬菜的动作她重复了一辈子，再也熟悉不过。采摘的这个时段，于她就是一天中最美妙的时光。

这样的场景并不鲜见，我小时候在乡下司空见惯。一个一辈子都在与泥土地打交道的人，对泥土有亲近感，不会视沾染在身上的泥土是脏东西，不会觉得耕种收获是苦累，他们会低下身体努力地亲近大地——像一位妈妈，亲切地抚弄自己的孩子。

来到老妈妈身边，走近她。我低下身子，看着她面前摆放一小堆韭菜，露水在叶子上面折射着太阳的光，菜香丝丝缕缕地逸散出来，在鼻尖袅娜着，我心中顿时生出无限的味道，念想起碧绿的韭菜和青红相间的辣椒，在铁锅里相遇相拥迸发出来的滋味，那一定是干净爽口，让人齿颊留香。借着这美妙的菜香，一碗饭三口两口就能扒下肚。不像菜场里买的韭菜，炒出来，全无其本味，却能煸出半盘子水。如此，胃口根本提不起来，人也没有了食欲，吃饭成了填饱肚子，没有了品味与咀嚼过程的享受。

我自己已然陶醉了，一低头，一弯腰挑拣个菜的工夫，就凭空想象出这么多情景。趁人还未发现自己的走神，赶紧买下一把韭菜，再去实现自己的美味幻想吧。

老妈妈拿着韭菜递过来，手褐黄粗糙，青筋虬结——这是一双有故事的手。今天时间富余，我没有立即离开，而是继续蹲着，饶有兴趣地帮老妈妈剥起黄豆，与她有意无意说着闲话，抽丝剥茧地掌握了她的一些境遇。

老妈妈今年已七十多岁了，身体还算不错。儿子和媳妇在外地城市打拼，老家里房前屋后有一大块空地，她和老伴在上面种了大蒜、香菜、菠菜、辣椒等，自家吃不完，就拿到市场上卖。她的家离这个菜市场也不远，只有六七里路程，来回一趟也不费劲，他说

摆地摊的老妈妈

只当锻炼身体，还能看看城市的热闹。除了大风大雨天，平日里都能到县城一趟，有时一天能卖十几元钱，最多也能卖几十块钱。这样，老两口平时有个头疼脑热的，也不用伸手跟儿子要钱。她说孩子在城里开销大，孙子上学也要花一大笔钱，能节省一点是一点，不能拖他们后腿。

听着老妈妈的近乎自言自语，我感觉已经走进了她的菜园里。她和老伴有个大概的分工，老伴负责翻地、播种、施肥等，她负责采摘、销售。老两口的菜地里全部用有机肥，一茬蔬菜采摘完后，要把菜地刨一下翻晒上几日，然后再施上粪肥，这样种植的蔬菜长势猛，新鲜，有自然的香味。他们是顺着季节点瓜种豆、插苗栽菜，也不喷洒农药，是正宗的绿色蔬菜，所以到市场后常常被一抢而空。老妈妈充满感激地说，是城里人在照顾她这位老人的生意。

有一次，她照常到县城卖菜，老伴在菜园里看到一大片青菜被虫子侵袭，菜叶上出现一个个小孔，心疼得很！他便向邻居借来一点杀虫剂，在菜园里喷洒了一遍。第二天清晨，不知情的她来到菜园里采摘，老伴连忙对她说，昨天刚给青菜喷过农药，这菜要过一个星期后药效没了才能卖。为此，她和老伴争吵了大半天，一气之下把喷洒过农药的蔬菜全部拔掉扔了。她说，把洒过农药的蔬菜拿出去卖，会祸害人的身体，这种缺德的事他们不能做。她那双粗糙的手，就是那一次拔菜被农药刺激后留下的印记。

看着一脸慈祥的老妈妈，我想起了自己的母亲，她们那一代人是从苦日子熬过来的，一生多苦少甜，到了这个年纪本该享享清福了，过一过自己想要的生活。但是，作为母亲，她们为人做事从不为自己的利益考虑，在不求依靠地养活自己的同时，还想着为儿女减轻负担。

这位摆地摊的老妈妈，或许卑微，再普通不过的一位老人，却用心耕耘着那片土地，培育着一棵棵清洁新鲜的蔬菜，用爱供养着这个城市里的人。她用朴实、善良的平凡行为，在人们心里耸立起一个伟大母亲的丰碑！

吹葫芦丝的小女孩

　　夜幕落下，我骑车赶赴一个饭局，经过新世纪大桥下拐角处时，耳边突然传来一阵优美音乐，虽然仅仅是一小段，我还是感受到音乐的美，这声音宛如自然的清香，像一池清水漾起无数的涟漪，让思绪在水上飘荡。

　　循着音乐的方向，我本能地扭头一看，在深长的巷子里，只有一两盏昏黄的路灯无精打采地亮着，心头闪过停下来观赏一番的念头，但想到朋友在电话中已经催过多次，只好急匆匆地离开了。

　　时间在推杯换盏、觥筹交错中流逝，从饭店出来，已是晚上近十点了，路上行人稀少，偶尔有汽车从身边飞驰而过。我骑着车返回经过大桥下时，想起来时听到的乐声，忍不住慢了车速。行到拐角处时，我把车子停下来，脚撑在地上，坐在车上又朝巷子里看，依旧黑黢黢、影影绰绰的，似乎有些影子在晃动，大概是贴墙生长的植物叶子在风里摇曳。我努力睁大眼睛，希望能寻觅到美妙乐音的源头，但是，只有楼上一两盏灯光从窗户里漏出来，其他什么也没有。

巷子睡着了，巷子里的人们睡着了，那演奏音乐的人大概也睡着了，今夜我不会再聆听到仙乐了。我抬头，默默地看楼上一扇又一扇窗子，在夜色里寂静地紧紧关闭着，里面藏着许多美梦。从车子上下来慢慢走进巷子里。虽然我的脚步很轻，在巷子里静谧的夜色中却像在平静的湖水中扔下一个个巨石，激起一阵阵浪花。我担心这脚步声，会惊扰了巷子的好梦。我停下，不敢再走下去，仰着头静静地看着，怀着一丝侥幸等待着，希望那亮着灯光的窗子后面，会再一次传来美妙的乐声，闪电一样划过夜色，震撼我的身体与灵魂。

夜色越发浓酽起来，我扬起脸，夜风轻轻地吹，在脑海里搜索起来，查找这里的一些相关信息。这里是城市和乡镇接合的地方，在桥的西边有一座条件不错的实验小学，无论地理环境，还是生活成本，对向往读书的家庭来说有着巨大的吸引力。因此除了本地的学生，还租住着许多乡下来的孩子。我心里想着，晚上路过时听到的乐器的声音，可能就是一个小学生在练习。县城不大，却有很多培训机构，有条件的人家也舍得在教育子女上花大力气，让小孩学习琴棋书画。

音乐终究没有响起来，虽然预料到会是这样的结果，但还是产生了一点失落，不禁有些懊恼，来时听到乐音的时候，应该停下来欣赏一番，即或一分钟也好啊，说不定还能有什么新的发现，省得现在牵肠挂肚。

夜色越来越深了，凉意渐重，我不想再逗留于此发痴，看一眼深深的巷子，巷子里远处的灯似乎也要睡着了，光线黯淡，在夜色里涂上细微的亮光。墙上的植物也没了精气神，慵懒地靠着墙，沉沉地陷入睡眠里，在不知不觉中任风儿吹着顺势摆动。

古人讲余音绕梁三日不绝。大桥下乐音，也一直在我心中回荡着，那种音乐的美与播放器里播放的不同，新鲜新奇，没有缺憾。正是那种原生态，美得独特的，使乐器也有了全新的灵魂。不断地在我心中一遍遍响起，时时缭绕在耳畔。

对于音乐，我虽然懂一点，只是皮毛而已，如果从专业角度上看，没有点评优劣的资格。但音乐既然是人类的一种艺术，应与人的精神相感应，即与我喜欢的文学创作有着相似相通的地方。一件艺术作品，见仁见智，甚至不懂艺术者，也会产生别样的体悟和情感体验。对于大桥下偶然撞进耳廓中的音乐，虽然我不能准确地表达其妙在何处，却是我真的感受到了为心灵带来的愉悦。我在期盼着，有机会能再邂逅一次那令人陶醉的音乐。

一天傍晚，太阳还没有完全落山，我骑着车再一次路过那座大桥。我想起了上次那个晚上，希望这次也有好运，再次欣赏到那令人难忘的音乐，便将车骑到桥下停在路边。我慢慢走着看着，接近拐角处时，果然有乐器的声响。我驻足倾听，那声音柔和、韵美，像春水穿过手指，有一种丝丝滑滑的感觉。我能分辨得出，这是在吹葫芦丝，是人们非常熟悉的曲子《月光下的凤尾竹》。听着，听着，我眼前仿佛出现一位身着长裙的傣族女子在月光下的竹林里跳舞，舞姿生动优美，竹枝轻轻摇曳着，月光从竹叶间潺潺流淌下来。

当我正忘情倾听时，那优美的旋律突然夹进了一阵急促刺耳的声音，我一个箭步向着巷子急走而去，一探究竟。巷子口摆放着高高的铁皮柜子，上面摆着一排不知名目的东西，两边竖着两根铁条，中间横拉一根铁丝，上面挂着一串钥匙。一位中年男子正手摇

142

着一台机器。哦，原来是在配着钥匙，黄色的金属屑向四处乱飞，在夕阳的残辉照耀之下，分外夺目耀眼，像舞台上飞扬的裙裾一般。葫芦丝依然在奏响，仿佛是在为纷飞的金属屑舞蹈伴奏，而刺耳的机器声音有些喧宾夺主，大煞风景。

　　我探身再看柜子另一面，只见一个小女孩端坐在一张矮凳上，正鼓着嘴巴在吹葫芦丝，仿佛一点也听不见身旁刺耳的声音。她穿着校服，凳子旁边放着一个洗得干干净净的红色书包。我指了指女孩，配钥匙的中年男子一挥手说，小女孩，是他的女儿，身体残疾，上学要我们大人接送，她从小就喜欢音乐，家里省吃俭用为她报了培训班。看到我和她父亲说话，小女孩不吹了，静静地在座凳上听着我们交谈。我便问她每天晚上都在这里吹葫芦丝吗？她歪着脑袋、眨着眼对我说，嗯，除了星期假日去老师那里培训，平时在学校里写完作业，爸爸接她回来，就在这里一边练习葫芦丝，一边等妈妈下班回家。

　　配钥匙的生意不怎么好，我为了和他们多聊一会，临时让师傅给我配一把钥匙。中年男子一边摇着机器，一边和我闲谈。他告诉我，起初给女儿报音乐培训班，只是想在心里安慰她，既没当回事，更不抱什么希望。他和孩子妈妈曾经私下交流过，一个腿有残疾的孩子，能学出什么名堂？哪知她当真地学，玩命地练，月月有进步，去年在市里组织的少儿才艺比赛中得了第一名。如今更令他们感到欣慰的是，自从去年拿到奖，女儿少了自卑，脸上多了一些笑容。

　　我拿着钥匙往回走时，身后又听到了美妙的葫芦丝声。那优美的旋律挤走了巷子里的喧嚣嘈杂，天边的云彩也陶醉了，变幻出五彩缤纷的动人色彩，将夕阳温柔的光映在身患残疾的小女孩的脸上，仿佛敷了一层淡淡的胭脂，真美。

吹葫芦丝的小女孩

沙石场上的爱

　　夏日的阳光照耀在河面上，折射出炫目的光亮。朋友指着远处一条大河说，沙石场就在前面的大桥下面。沿着手指的方向，我们到了大桥下面，看见几条泊着的大船，船上装着沙子、石子，以及分不清的杂七杂八的东西。岸上高高地堆起一堆堆沙子和石子，还有一个高架着的用于传送的机车。

　　我们迂回着终于走到了沙石场，站在大桥上往下看，除了蒸汽一般的风偶尔扬起一阵灰尘，岸上看不到有人，就是泊着的大船上也没有人影。偌大的一个沙石场，应该有人看管的。大概正午时间，大家都躲避炙热的阳光，藏身阴凉呢。我们不愿意站在这儿等，四处张望寻找，依然没有人，我便扶着滚烫的栏杆对着下面大喊了一声：有人在吗？

　　声音刚在热浪中延续，一个女人突然从大桥下面的桥洞里冲了出来，仰着头向我们急急地挥着手。我不懂其意，难道她是想说今天不营业。我刚要再次张口大声询问她那手语的真意，女人一边飞奔而来一边冲我挤眉弄眼，我不由心里揣度，这女人不会是哑巴吧！我看一眼朋友，他拉了我一下，示意我不要说话。

这时，女人不知何时突然从我后面悄无声息地现身，挡在我面前，又冲着我直摇手。我话到嘴边，又硬生生地咽了回去。这时，女人领着我们来到大桥下，指着桥底下一位躺在竹椅上的人，合着双手轻声说，她的男人正在睡午觉。怪不得我没有看到人，桥下太阳晒不到，通风又近水，的确是个休息的好地方。

朋友跟那女人说，门前小院里的水泥地面开裂了，想买点沙子、水泥简单地修补一下。女人点了点头低声说："这些日子，雨下下，风吹吹，太阳晒晒，地面容易开裂。趁天好，用沙子、石子的人家多呢。"我点头称是。朋友居住的小镇，大多人家的房子是自建的，因为要拆迁，都不想大修，且这些房子建筑时间久了，需要修补的地方也多。

到了沙石场，看起来并不大。朋友说，在小镇上，这样的沙石场更像一个作坊，用不着太多机械，多是自家人干活，只有忙时才会雇人帮忙。女人走过来，像是自言自语又像是商量："我们家男人这几日，天天起早摸黑，让他多休息一会儿，这趟活儿，我来做吧！"说着，女人拿了把铁锹，拖了翻斗车上了沙石场。

女人看着精明能干，但干起活儿来一点也不利索，她把铁锹轻轻插入沙堆，慢慢地再摇晃几下，铲起一锹沙子端着走到翻斗车旁边，轻轻地倒进去，好像怕把那捅破似的。也许因为天热，我看着心里着急上火。冲过去拿起一把铁锹，"嚓、嚓"地奋力铲起沙子，然后用力甩进翻斗车，发出沙石飞迸的脆响。女人见状连忙丢下手中的铁锹，三步并作两步跑过来，按住我的手说："不用帮忙，我

沙石场上的爱

自己能行！"我真的搞不懂这女人的意思。但看她的态度很坚决，我只好扶着铁锨站在一边。

还是让我来吧！我身后传来男人沙哑的声音。我转头一看，在大桥底下睡觉的男人翻身坐了起来。"你看，还是把他吵醒了！"女人小声埋怨了一句，又对着男人喊了一声："你再睡一会儿吧，活不多，我一个人能行。"男人伸了一个懒腰，打了一个长长的呵欠，揉着眼睛一步三晃地走过来，一副还没有睡醒的样子——看来，真是我把他吵醒了。走近了看，男人脸庞红黑，个高体壮，膀子粗圆。

这会儿，女人像是换了一个人，扭腰、摆臂，利索地挥着铁锨，"嚓、嚓"地铲起来。只见沙子在空中划过一道道弧线，"啪、啪"飞落在翻斗车里，扬起一阵阵烟尘。男人走过来，要接过她的铁锨，她一扭身子躲开了，依然埋着头用力地铲着。男人没有再争，只好站在一边默默地看着，翻斗车里沙子像小山丘一样渐渐升高。

翻斗车里沙子很快装满了，女人挂着铁锨，喘了一会气，拿起搭在脖子上的毛巾擦了擦脸上的汗水，扬起脸对着男人说："我说我能行吧！有我，你就放心吧。"说着，眉梢眼角尽是笑，在太阳照耀下，有着别样的妩媚。男人轻轻地笑了一声，弯腰拾起放在墙角的工具放在翻斗车上，扭头对我们说，走吧！女人一个箭步抢在男人前头，用不容商量的语气说："这一车沙子不重，而且人家就在这附近，我拖着送过去没问题。"

男人笑了，抖着满脸的阳光说："这是力气活，你干不了，还是我来吧！"女人没有搭理，固执地蹲下身子把车绊搭在肩上，拖着翻斗车，一弓腰，一蹬腿就要走。但是翻斗车像生了根似的，只在原地来回晃了几晃，没有往前挪动。女人没有办法，只好让开来，让男人接过来。男人双手握着车把，身子绷得紧紧的，两只脚一前一后用力一蹬，光着的臂膀上肌肉一鼓，翻斗车就动了起来，悠悠地爬上了公路。

女人像影子一样跟上了公路，肩膀套着一匝麻绳，拦在翻斗车的前面。男人只好慢慢地停下，女人动作麻利地将麻绳解开，一头系在翻斗车的架子上，另一头搭在自己肩膀上用手拉着，不容拒绝地说："我和你一起去，沙子重！"男人拗不过，同意了。他们一前一后，步伐坚定地走在如火的烈日里。男人低着头紧绷着身体努力向前，女人奋力地前倾着，将那麻绳拉得笔直。

我和朋友看着他们背影，感觉阳光不再热了。

像抱妈妈一样

　　开完会，我乘汽车从市里返回六十多里外的小城，坐在靠窗的座位，一路望着窗外的树急急地向后退去。繁华褪尽，喧嚣远去，已经远离市区，车子从国道进入城乡公路，满眼的高楼大厦换成了阡陌纵横的田野，以及一座座青砖红瓦的民房。

　　陆续有人到家了，汽车走走停停。一棵树、一座桥，或者一个水塘，都可以成为公交车的一个临时站点。在经过一棵老榆树时，汽车再一次缓缓地停了下来。不用想，肯定是又有人要下车，他的家或许就是村庄中那一座袅娜着炊烟的房子。

　　车门开启，却没有人站起来。售票员扫视一下座位上的每一个人，大声问，刚才是谁要下车的。没有人应声，大家面面相觑。我也狐疑地看了四周一圈，没有发现有人要下车的意思。售票员满脸的疑问——明明是有人喊着要下车的。

　　车厢里异常地安静起来，还是没有人要下车，有些不太正常，终于，还是驾驶员打破了这尴尬的沉默，不知是对车上人说，还是自言自语"大概是我听错了'随后，车子慢慢启动起来。突然，这时车厢内传来一个低低的却又急促的声音："对不起，是我要下车——我要下车！"

这不是拿大家开涮吗？有人抱怨了，驾驶员似乎有些控制不住自己的情绪，猛地一踩刹车，大家身体向前一倾，汽车才停下来。大家都转头四处寻找那个讨厌的乘客——原来，是坐在车厢中部的一位老太太，她此刻一脸的歉疚，躲闪着众人带着责备的目光。

老太太紧握住座位上的扶手，使劲地挪动着身子想撑起来。老太太终于颤巍巍地站起来了，但身体晃了晃，很快又慢慢地坐了下去。她神色不安地眼瞅着售票员说："坐的时间长了，腿脚麻，使不上劲。"

"哦，记起来了。老太太，没关系，人年纪大了，身体上毛病就会多一些。"售票员从中间的过道慢慢走过去，边走边大声介绍说，"老太太真是好福气，八十多岁了，精气神还挺旺，这次从大城市回乡下老家探亲吧。"

听了售票员的一番话，车厢里抱怨的声音戛然而止，一片感叹的声音取而代之，乘客纷纷夸赞老太太身体硬朗，这么大年纪还不要子女陪伴，能一个人出门走亲戚。甚至有人还喊道，老人家别急，我们可以多等一会，老太太缓一下再下车。

售票员来到老太太身边，弯腰帮老太太揉揉腿，然后扶着老太太慢慢站起来，但努力了几次都没有成功。售票员犯难了，抬起身，看着车厢里的人迟疑了一会，开始求助："老太太还是不能自己下车，谁愿意帮个忙？"

车厢里，刚才还交头接耳、交口称赞的乘客，一下子都没了声，麻利地躲开了售票员的目光，要么低头玩手机，要么默不作声地看着车窗外。售票员的目光投向了驾驶员，他面无表情地端坐着，脸扭到了一边，假装在观察对面驶来的车辆和路过的行人。

沉默，还是沉默。

安静，还是安静。

车厢里，只听见杂乱的手机游戏的声音，还有让人发慌的呼吸声。我的心跳急剧加快，有冲上去的冲动。这时，耳边还有另一种声音响起：别去，多一事不如少一事。我心中忐忑，鼓起的勇气一点点泄露无遗。

我一个体单力薄的书生，肩不能担担，手不能提篮，总不会有人等着我站出来吧！我心中思量，老太太身体肥胖，就像一个肉球深陷在座位里，就是想扶也扶不动啊。而且老太太已是耄耋之年，就像裂了缝的瓷器，谁敢去碰一下。

"这么大的年纪，谁敢扶啊！"

"出了事谁能承担责任？"

"老人又不是小孩……"

"这么胖，怎么扶得动啊？"

车厢里静默几分钟后，乘客七嘴八舌地议论起来。老太太在座位上，仍在使劲挪动着身体，脸上渐渐沁出细密的汗珠，但是身体不听指挥，像是长在了座位上，老太太越发尴尬起来，头低得越来越深，几乎要埋进怀里了。

是啊，大家的担心和疑虑，的确不是多余的。当前碰瓷事件在新闻报道里不胜枚举，甚至见义勇为也可能吃官司赔钱。如果扶老太太下车时，真的出现个什么意外状况，真不敢想象后面会出现多大的麻烦，到时怎么说得清黑白。

"没事的，没事的！老太太身体健康呢，就是有些胖，上车时，就是让人帮忙扶上来的。"售票员似乎看出了大家的心思，连忙解释，"老太太早一点下车，我们可以早一点发车，这样才不耽误大家的时间。"

售票员的话就像一个小石子掉进深不见底的枯井，一点回响都没有。大家依然装着视而不见，自顾做着自己的事，都一动不动。车厢里的沉闷气氛让人心里憋得慌，空气中的氧气仿佛都跑到车厢外面去了，终于有人沉不住气了。

"话虽这么说，可真出事怎么办？"

"有谁愿意站出来作证？"

"就是，万一……"车上又有人小声附和。

一个个忧虑现实性的问题，就像一堵堵高墙阻隔在人与人之间，冰冷、生硬，让一颗颗滚烫的心裹在厚厚的铠甲里，怎么也挣脱不出来。大家你望着我，我望着你，眼眸里的光亮就像风中的烛火，明明灭灭。

"人都有老的时候，出把力，帮个忙。"这时，坐在我身边的大娘开始坐立不安起来，一边大声帮着腔，一边还用胳膊肘捣我，希望我能支持她的呼吁。我望了她一下，平日里一直仗义的我，此刻的气氛突然让我感到心底发虚，也不知说什么好。

虽然售票员极力鼓动着，但是大家依然是顾虑重重，没有人愿意主动站出来帮忙，驾驶员也是一动不动坐着，方向盘好像粘在了手上，售票员走过去拉都没有拉起他，汽车里气氛渐渐凝重起来。一团黏稠的泥浆堆积在车厢里似的，人们深陷其中，无法自拔。

"让我试试吧！"坐在我身边的大娘站了起来，直接绕过众人异样的目光，不管不顾地走向老太太。大娘看起来五十多岁，身高大约一米六。看着她健步走过去的样子，我真有点替她担心，万一出个什么意外，不知道她该如何处理？——但愿我是杞人忧天。

从前到后，顶多只有四五米远的距离。在乘客的眼里，此刻那段距离被无限拉长，大娘的脚步提起又放下，放下又提起，衣袂扬起又落下……

大娘来到老太太身边，慢慢蹲下身子，将老太太的两只手抬起，轻轻地围在自己的脖子上，然后一只手搂住老太太的腰，一只手勾住老太太的腿，深吸一口气，努力站了起来。老太太紧紧地靠在她怀里，乖顺得就像一个婴儿。

老太太随着大娘亦步亦趋地向前挪移着。或许大娘年岁大了，或许因为老太太太胖，大娘没走几步就气喘吁吁，脸涨得通红，身躯也微微地晃动着，似乎只要有一缕风吹过，就有可能将她们吹倒。但大娘很镇定，也很坚强，一点也没有停下脚步的意思。

大家的目光一下子都聚拢了过去，我屏住了呼吸，生怕搞出一个声响影响大娘的行动。这时，售票员也觉察到了大娘已快用尽全力，连忙伸出手帮着搀扶，他们几乎是抬着老太太的两只脚，一步，两步，三步……仅仅几米远的距离，看上去仿佛是一个遥远而艰险的行程。

到了车门口，大家终于坐不住了，纷纷站出来，抬腿的抬腿，抱臂的抱臂，托腰的托腰，车上车下的乘客圆满完成了一次接力，七抬八扶，老太太终于安全地下了车。不，准确地说，应该是被抬下了车。老太太被安排坐在路边的树桩上，打电话让亲人来接。

安顿好老太太，大家才松了一口气，有一丝兴奋，还有一丝庆幸。大娘重新回到座位上，看到我一脸惊异的表情，喘着粗气说："我妈妈今年91岁，在家里洗澡擦背全是我伺候。我就这样抱来抱去，只是老太太比我妈妈胖多了，抱起来真有点吃劲。"

"你不怕出意外吗？"看到大娘轻描淡写的样子，有人忍不住问。

"这有什么好担心的？"大娘笑着说，"我抱她时，就像抱我妈一样！"

大娘说话的时候，表情自然，没有一丝做作、矫情，仿佛这些话是她说给家人的，我一时间觉得，提出这个问题的人此刻应该感到羞愧。

"老吾老以及人之老，幼吾幼以及人之幼。"这一句古训，我在书本里曾经读了很多遍，在行动上却从没实践过，如果是文字考试，我交出答卷一定可得高分。但在现实生活中却是不及格的。今天，大娘用实际行动完美诠释了这一古训，她才是最合格的人。

我承认自己没有完全读懂这句话，需要向大娘学习，学习她知行合一的精神。做事要靠良心良知，不能因外在的利害关系决定进退。义之所在，就只管勇往直前。

像抱妈妈一样

铺满积雪的土坡

雪下了一天一夜，晚上还没停的迹象，雪花将地连上了天，它如蒲如席。枕着雪花扑在窗玻璃上的声音入眠，梦里都是铺天盖地的雪。我已经好多年没有见过这么大的雪了，寻思着待到明天日出雪霁时，就去野外踏雪。

踏雪，就要弃车步行，听着积雪在脚底下"咯吱、咯吱"的声响，仿佛是为我行走的步伐伴奏。我喜欢这种浪漫感觉，心里想着若是能就地躺下，在地上打一个滚儿，那该是多么开心惬意啊。可惜，也只能想想，路上的积雪已经被来往车辆碾压成了黑色的泥水，只有路边有少量的积雪，已经构不成白茫茫一片的宏大阵势，容纳不下我一个踏雪的心思。

在小城，我立即想到还有一个踏雪的好去处，那就是双湖公园。当我迫不及待地赶到那里时，才发现不是我对这里情有独钟。双湖公园已被许多身影挤满，红的、黄的、青的、高的、矮的、胖的、瘦的……男男女女、老老少少。最多见的就是一家三口来玩雪，一对年轻夫妻牵着一个小女孩，专拣积雪深的地方走，雪没过了靴子，在身后留下两大一小三串深深的脚印。

积雪最深的地方，是斜斜的土坡上。从上到下，雪仿佛是坡顶上斜斜地流淌下来的，洁白的一堆像一个大毡子，一棵棵绿化树和一丛丛灌木是印刷在毡子上的立体图案。仔细看，还会看到上面有一串串细小的印迹。如果没猜错，那应该是小动物留下的踪迹。我展开浪漫的想象，一只或两只兔子在雪花飘落的夜晚出行，相比于觅食，我更愿意它们是在踏雪玩耍。

是的，如此美景的确不可以辜负。我看到土坡上，有一家三口正在堆雪人，圆圆胖胖的雪人，两根褐色的树枝是手臂，楝树果子是两只小小的眼睛，红色树叶作成薄薄的嘴唇，鼻子呢？堆雪人的小女孩从嘴里含着的一串糖葫芦上抠下一颗，镶嵌在雪人圆圆的脸上，就成一个又大又红的鼻子了。雪人看上有些滑稽，像一位特别幽默的小丑。

"大雪天真有趣，堆雪人做游戏，圆脑袋大肚皮，白胖的脸笑嘻嘻……"小女孩大声唱起了儿歌，还伸出手拉过爸爸妈妈，一家三口围着雪人又蹦又跳。小女孩突然停了下来，扯下围巾系在雪人的脖子上。她似乎还不尽兴，和妈妈蹲在雪人的两侧，摆出一个剪刀手的造型，喊爸爸过来给她们拍照片。

或许被小女孩的童心感染了，树上的麻雀也飞过来，落在雪地上，一蹦一跳着，还不时扭转过头看着兴奋的小女孩，仿佛是认真观察揣摩，想要分享小女孩的喜悦。在地上拓印下的一行行脚印，就是麻雀写下的赞美白雪的诗句。在这个铺满积雪的土坡上，还有什么能像雪人、小女孩和麻雀一样打动我的心呢。

想起小时候，我也特别喜欢下雪，可以约上几个要好的小伙伴一起堆雪人打雪仗，雪融化后湿了鞋子，也浑然不在乎，只管尽情在雪地里追逐奔跑。今天偶然看到小女孩快乐地堆雪人，我仿佛一下子又回到了童年，遇见了过去。我低下身子滚起一个雪球，向着坡下面推去。雪球越滚越大，速度越来越快，到了坡底，竟还滚了很远一段距离。

记起那一年冬天在北京旅游，在八达岭滑雪场滑雪，至今想起那刺激的场景我还有点兴奋。看着那滚圆的雪球，我真想再体验一下滑雪。可是，我生活的小城根本就没有滑雪的设施，当然也没有滑雪板。看到几个小孩子在雪地上打滚，我干脆一屁股坐在雪地上，用力向下滑去。滑到了坡底，我左右看看也没人注意，连忙拍了拍身上的雪，心中不禁充满得意——这就是苏东坡所说的"老夫聊发少年狂"吧。

我抬头看看自己滑过的地方，从坡顶到坡底留下一条长长的雪线，深深的凹痕仿佛是时光的河流，河床的底部沉淀着我的记忆和童年。我抬起脚用力蹬了一下树，积雪簌簌地落下来，落到头上、衣服上。我开心地抓起一把雪塞进嘴里，一股清凉一直沁入心底。

遇见一位读书的老人

在寒冷的冬天，走出家门游山玩水，是一个很好的主意，但的确有些冷，邀上好友，坐在茶舍里喝茶聊天，时间久了，却会腻味。看到年轻人一停下来就捧着手机阅读，忽然觉得阅读是一个不错的选择，但是我还是喜欢捧着书，嗅着墨香阅读，才是真滋味。

家离新华书店不远，小步慢行大约只要半小时。平时从门前路过，繁琐芜杂的事总是让我的脚步匆匆，没有想起过进去看一看，让灵魂停下来，在这里小憩一下。想起小时读书时，就是念想着能跟着父母进城，泡在新华书店里不出来，一次性把书看个够，没想到工作后，新华书店近在咫尺了，进去却是少了。现在退居二线，工作慢了下来，倒是有了机会。收拾好心情登上二楼，一排排书架陈列眼前，文学类、人文类、生活类等各种书目汇聚成书的海洋。我沉溺其中，像一尾鱼自由地畅泳游弋，慢慢寻觅挑选，竟然眼花缭乱，无法作出正确选择——我太喜欢这些书了。

其实，能够走进新华书店陈列书架的书，都是经过精挑细选经得起推敲的，没有好与坏、优与劣之分。对于读书人来说，只有适合与不适合、喜欢和不喜欢之区别，而能挑选到一本心仪的书，是需要机遇和缘分的。我希望在这浩瀚的书海里，能有一次美丽的遇见，完成一次天作地合的牵手。寻觅，寻寻觅觅，一本本书拿起又放下，放下又拿起，我的目光蹚过一列列书架，手指走过一条条书写着书名的书脊。我坚信，总会有一缕浓浓的墨香会留下我流连的脚步，牵住我逡巡的目光，打动我无法着陆的内心。

在新华书店靠窗的一个角落，我停了下来。我遇到一本书，说是书，其实是一个人，一位正在读书的老人。不过，老人捧着书的样子让我仿佛遇到的就是一本书，产生一种深入阅读的欲望和冲动。读书的老人，安静、沉淀，仿佛散发着一种让人着迷的宁静气息，渐渐地我感觉到了，书店里的每一本书似乎都有了生命，蝴蝶一样翩跹着打开翅膀，每一个汉字都花朵一样怒放，散发着芳香。那一刻，我感觉新华书店因为老人的存在，每一本书潮流水一般，正加速进入每一个读书人的身体里，淬炼着每一个人的灵魂，升华着每一个人生命。

在老人的身边，还有许多读书的孩子，他们或坐或倚，阅读着自己喜欢的书，或许受到了老人潜移默化的影响，他们都没有说话，静静地沉浸在文字里，仿佛能够听得见目光走过纸面的"沙沙"声，似春天里绵绵的细雨，又或似孩子微微的呼吸，我感受到了一丝不一样气息。在这一群穿红着绿的孩子中间，老人头戴着青色的帽子，穿着老旧得已经看不出款式的黑色西装，显得特别醒目刺眼，就像色彩斑斓的鲜花丛中突然窜出的一棵狗尾巴草，在风中骄傲地摇摆着。

在这里，用狗尾巴草来比喻一位读书的老人，似乎有些不妥。我首先要慎重申明，我并没有贬低老人的意思，只是我实在找不出一个更好的词汇来表达和形容了。因为狗尾巴草默默无闻，难免有着低微卑贱之嫌，但在历史传说里，却也代表着坚忍和执着。如果你和我一样身在现场，目睹眼前一切，我相信你一定也会像我一样，想到这样的一个比喻。在这群活泼的孩子中间，老人迟暮昏沉，实在是黯淡无光。我将目光向老人投注过去，深情地注视着老人读书的姿势，老人的头微微地勾着，与弯着的腰恰好连成一个圆满的弧度，像极了一棵结满草籽的狗尾巴草。

　　老人在这样的年纪应该是老眼昏花，顶多只能是看一些画册，打发无聊的时光。我轻轻走近，目光只是悄悄一瞥，手中的书完全颠覆了我轻视的心理，老人捧读的是一本厚厚的《基层风云》，这是一本介绍中国最基层公务员摸爬滚打的命运的书。我一直放在床头，却从没有静下心来好好地认真读过，已然成了我床头的一个可有可无的用来装点读书人门面的饰品，或者是用来催眠的枕头。一个好看的电视剧，一个美妙的音乐，甚至一个无聊的手机小游戏，常常能蛊惑我的心，让我轻易地放下手中刚拿起的书，开启一段无聊的垃圾时间。

　　要读完《基层风云》这本书，不仅需要一定的精神和毅力，更需要一个宽阔的胸怀，一颗关注国家命运起伏的心灵。我不禁对老人肃然起敬。在老人的身后，书架像士兵一般整齐地站列着，安静地围观着。不，准确地说，是护卫着，一点也没有因为老人长时间的默默无语，而要离开。那执着的样子仿佛是在等待老人掩卷离开时，准备围拢上去，请老人在他们的身体上，最接近心灵的地方签下名字，留个纪念，或者与老人合照留影，然后作为一个值得炫耀的荣誉，高挂在最醒目的地方。

　　像老人这样专注认真地读书，我已经很长时间没有体验过了，主要是心浮气躁，没有老人淡泊的心境，沉迷于浊世浮尘里追名逐利，忘记了初心。此刻，老人阅读的姿势让我惭愧，想起小的时候，很多想读书而没有书读的岁月，很多想读书而没有书读的人。还记得在初二时，为了读到《钢铁是怎样炼成的》这本小说，我帮助同学扫了一个月的地才借到，而且还是只借一天。晚上凑在煤油灯下如饥似渴地阅读着，灯芯暗了就捻，煤油没了就添。灯明了亮，亮了明，若不是公鸡啼叫，我还真不知道天已是黎明，应该起床上学了。那一种求知若渴的劲头，如今想起，真是令我自己都感到汗颜，工作这么多年，不知浪费了多少大好时光。

　　时间是一驾永不疲倦的马车，已经追赶不回来了，当年热爱读书的人容颜已老，求知的执着精神也渐行渐远，对于读书的渴求也越来越淡。而眼前的这位老人却像黑暗中的一个火把，一下子点亮了我的记忆，让我对书再次心生敬畏——读书的老人不仅于我，也是对新华书店里读书的孩子，都是一种榜样，一种力量，一种鞭策。我抬起双手，蓦然想起这是新华书店，不能鼓掌，我的安静才是最响亮的掌声。于是，我拿起手机，偷偷地抢拍下一位老人认真阅读的姿势。我要定格下这珍贵的画面，时时用来学习和模仿。

　　遇见这样的一位老人真是我的幸运，他用他的实际行动，帮我重拾初心，开启了新的读书之旅。我很快翻找到了我喜爱的书，没有立即离开，而是打开书开始了阅读。现在，就是现在，我要像老人一样，把自己站立在一本书里。

愿他们起舞一万年

在小区广场上，有两位年迈的老人，一位男士着白衬衫，另一位女士穿长裙子，他们面贴着面互相拥抱着，两只紧握在一起的手平举着——哦，他们是在跳舞，好时尚的一对老人。

风轻轻地吹拂着他们花白的头发，就像深秋的芦花在晚风中抖动摇晃着。在欢快的音乐伴奏下，你左一步，我左一步；我右一步，你右一步，他们的舞步节奏缓慢迟滞，就像电影里的慢镜头，一个动作可以分解成许多个特写，远远地看去，感觉两位老人不像是在跳舞，更像是在打太极拳。

在小区广场上散步的我，偶然发现这样的一个画面，不知为何脚步突然就如生了根，再也无法挪动，我完全被他们吸引住了。

这一刻，我的脑海里千回百转，想起在电视里看到的一个跳贴面舞的视频画面，在华丽的舞台上，节奏欢快的音乐令人激情澎湃，在追光灯的聚焦下，一对衣着时尚的青年男女，摆动着身体，动作明快流畅，充满了节奏感和灵动，虽然仅仅隔着电视屏幕，但是还能感受到火热的激情，素来不好动而窝在沙发上的我忍不住要站起来，想一个箭步跨进电视里成为其中一员，替换掉里面跳舞的人，感受一下热血沸腾的现场，享受一下生命自由悸动，让身心得到彻底释放。

　　我一时恍惚起来，这里不是大都市，不是万众瞩目的舞台，只是小区广场的一角，怎么会有人跳起如此前卫时尚的舞蹈呢？我有些纳闷，更多的是好奇。我在这个小区生活的时间也不短了，什么时候出现了这样两位年迈的老人，竟然有着一颗如年轻人般火热的心，迥异于同龄人的业余爱好，在这样简陋的广场上跳起了生动的贴面舞，一点也不在乎众多的烁烁目光，就那么忘情地起舞，我不禁微微笑起来，为两位老人的个性张扬，也为他们的勇气。

　　我生活的城市不大，是偏离那些所谓文化和政治中心的一座小县城，年轻情侣们走在路上想手牵手，尚且避开人群、脸上飞起羞赧的红晕，更别说在大庭广众下拥抱与亲吻了。而老人们呢，思想保守多了，让他们抱在一起跳贴面舞，那种情景简直不可想象，这两位老人算是开了风气之先吧。

　　此刻，正是夏日的傍晚时分。白天里被太阳蒸腾起的热浪渐渐消散，大地萌生了凉意，这股清凉从小区的广场上潮水般退去。被太阳炙烤了一天发蔫的树木叶子又舒展开来，凉爽的晚风抚平卷曲的叶子，又滚落到地面上，沿着台阶一步步快跑到广场上，与那些摇着蒲扇的人们打个招呼，引得众人啧啧称赞，像是在欢迎一位大明星。

　　闷热了一天的小区居民，陆续走出家门，跟着拾级而上的清凉涌入广场。广场中心是一片宽大的空地，容得下许多人，平时放过电影，也曾搭台唱戏，更多的时候，是小区的妇女占据了跳广场舞。广场西侧安装了各式各样的简易健身器械，有双人座蹬训练器、太极揉推器、太空漫步器等，边缘还有一些石凳等供运动后的人们休息，这儿是小区里一个颇受欢迎的场所，有歌舞，有棋牌，有天南地北的故事传闻，因此自然成了小区里人气最旺地方。

现在，喜欢到器械区活动筋骨的人们，忘记了去健身；那些平日里坐在石凳上吹着晚风划拉手机的年轻人也抬起了头，他们如我一般，将目光聚焦到跳贴面舞的两位老人身上。老人贴面舞并不好看，甚至有些笨拙，就像两只大笨鹅张开翅膀拖着两脚，摇摇摆摆走着，谈不上有多少美感。但是他们跳得认真而忘情，仿佛世界上只有他们存在。我却一点不觉得他们的舞步怪异突兀，反而觉得有一点别样的美好与和谐。

两位老人似乎完全沉浸在自己的舞蹈世界里，听不到风摇树叶的声音，看不到我们好奇的路上围观的身影。他们与我们似乎生活在不同的空间维度里，中间隔着一道厚厚的屏障。我们只是这道屏障另一边沉默的观众，再高声喝彩或热烈鼓掌都不会传递到他们的舞蹈世界里，他们只遵循着自己心中的音乐、跳着属于自己的贴面舞。

看着两位跳贴面舞老人的面孔，我蓦然想起那个老头，他曾经是广场舞的一名骨干。记得以前许多个傍晚，我下班回来绕着广场跑步时，经常看见老头站在跳广场舞的妇女们后面，手舞足蹈地跟着音乐节拍学跳舞，他的脚步似乎总是跟不上节奏，但是一直坚持不懈地学着跳着。当时我觉得老头挺有趣，一个老男人干什么不行，学什么广场舞赶时髦？时间长了次数多了，老头学跳广场舞的背影，成了小区广场上的一道风景，也有人在背后指指点点、说些

愿他们起舞一万年

风凉话，我倒是见怪不怪了。

　　当今社会生活方式多样多彩、追求个性化，除了大是大非和原则性问题，我们的确该抛弃自己的偏见，多换位思考，从不同角度看问题、看世界，学会宽容和接受，不要故步自封、自以为是，成为装在套子里的人。每一个人都有自己的爱好和选择生活方式的权利，我们不能要求每一个人都按照同一个方式和行为准则做事。这样一想，我觉得老头学跳舞，的确也是一个不错的健身方式。

　　有些惊喜、惊奇，我没有想到老头在学习跳舞这条路上能够走这么远，后来居然熟练到能够带着别人一起跳舞，如此发展下去，说不定还真能带动小区里老人们走上广场，组成一个老年人广场舞活动队，还能参加各种比赛，捧回一个个奖杯，一领老年人广场舞风骚。

　　又一天傍晚，我来到了广场，是带着浓浓的兴趣准备观看和欣赏老人的舞蹈的，可能是我来早了，跳舞的人不多，只有两位老人在跳舞，而正是那个老头在领舞，看他那专注的神态，浑然没有在意广场边上我关注的目光。我目不转睛地看着，忽然发现老头的腰间绑着一个宽宽的白色腰带，把老头和老太太绑在一起，不知为什么就想到两个铭心刻骨的词：生死相依、不离不弃。若不是我细心观察，还真不能发觉呢。原来老头是拖着老太太在一起跳舞呢。于是，我的注意力从他们呆板的舞步上转到他们的身体上来。在跳舞的过程中，老太太的头始终抵在老头的肩上，没有像电视上舞台中央跳舞的男女，意气风发地扬起自己得意洋洋的脸。是害羞？还是其他原因？我的心中升起一层薄薄的疑雾。

　　晚霞层层染红了广场边上的树叶，晚风也吹乱了我的思绪，随便在一个石凳上坐下来，静静地看着、等待着。或许两位老人跳累了，他们一起慢慢挪动脚步，向着广场边上的一个轮椅靠近，莫非老太太行动不方便？

我不愿往下想了，好奇地向他们走去，只见老头来到轮椅旁，一手环抱着老太太的腰，一手小心翼翼地解开腰间的宽腰带。立刻，老太太的身体就像滑坡沙山一样往下掉落，两条腿软软地弯下来。我连忙跑过去将老太太的身体搀住，感觉到她的身体好沉，似乎整个身体被抽去了支撑的骨头。

顷刻间，我有些明白了老太太的处境，她用尽全身力气配合着老头，慢慢蹲下，轻轻地，将自己的身体安放进轮椅里。老太太仿佛就是一件精美的瓷器，一个不小心就可能碰碎。看到老太太安然无恙，老头终于如释重负地松了一口气。

老太太坐在轮椅上轻轻地喘着气，我怔怔出神看着她。老头似乎看出了我的心思，吁了一口气说，老伴去年患了脑梗，有一条腿用不上劲，而她身体健康时就喜欢跳广场舞。于是，他想到用跳舞的方式，帮助老伴恢复身体的协调能力——原来之前老头去学跳广场舞，背后藏着这样的一个令人心酸的故事。我被老头的举动感动，向他竖起了大拇指。

"年轻恋爱时都没拉过手，现在天天跳'贴面舞'！"老头一边帮老太太做手臂拉伸，一边感慨地说，"老伴、老伴，少是夫妻老是伴。自从老伴得病以后，儿女看我年纪大了，想请人照顾妈妈，但是我舍不得把老伴交给别人管。一起生活了几十年，她一个眼神、一声咳嗽，我都明白她是什么意思，只有我自己照顾她才会放心。这样我还能天天陪着她一起说说话、看看风景。"

做了一会拉伸运动，老头推着老伴走了。看着他们慢慢消失的背影，我脑海里突然跳出了一句歌词："我能想到最浪漫的事，就是和你一起慢慢变老。"两位老人用他们的实际行动，向这个浮躁的社会诠释了真正的爱情不是年少时的花前月下，而是年老时还能相濡以沫，到天荒地老也不离不弃。

我想一直看到老人和老伴在广场上跳贴面舞，

"一直"是多久，借用一句电影台词："如果非要把这份爱加上一个期限，我希望是一万年！"

挺立的"瓷柱"

这是 1964 年的夏天，天气特别地炎热，他背着书包抱着木凳，站在空荡荡的操场上，默默看着眼前低矮的教室。突然觉得火辣辣的太阳从天空射下来，打在身上，一点也不感到热，燥热的风吹在身上，却感到一丝"冷意"。

初中毕业了，这个校园里将不会再有他的身影，那张课桌将再也放不了他的课本，他的书包将会永远地挂在墙角里，等待灰尘渐渐堆积，慢慢结起蜘蛛网。他握惯钢笔的手也终将爬满老茧，连同一颗求学上进的心，也将在田间地头的辛苦劳作中，慢慢褪去憧憬未来的色彩，像父辈一样一辈子躬耕于田野，成为一个地地道道的农民，在脸上重重地涂上泥土的颜色。

放下书包，从校园直接进入广阔的农村生活，没有一点转折和过渡，作为农村长大的孩子来说，这似乎再正常不过。他只有收拾起低落的心情，默然地面对现实。

曾经熟悉的上课铃声喑哑了，每天早上，生产队长刺耳的哨子打断他睡梦中的幸福美好，掀开日历上每一个单调的日子，他以汗水作墨，锄头作笔，在田地上抒写着心中苦闷。他心中的火种仍然没有熄灭，盼望着有一天能重新迎来伏案读书的日子。

日子就像复印的一样，每天都单调地重复着，在劳动的间歇，村民们就扶着劳动工具抽烟或聊天，而他就坐在田埂上，默默地仰头看着天，看着麻雀站在长长的电线上叽叽喳喳地鸣叫。这幅画面多像学校的课堂，大家坐在一起读书、谈理想——课堂已经回不去了，自己可能一辈子就像种在田地里的庄稼，顺应着次序春华秋实、夏收冬藏，平淡无味地完成自己的人生旅程。

这样的生活如同一片死水，没有任何风浪和生气，想一想都感到害怕，他只有将不甘藏在内心深处，埋头苦干。或许幸运总是垂青于那些肯努力拼搏和勤奋向上的人，他的躬身卖力的身影印刻在了有心人的眼里。

那一天，大队王书记提名他做大队电工，理由很简单，他初中生毕业，在当时他属于高才生，可以做队里的会计、代课老师，文化水平肯定不是问题。当然更重要的一点就是，他工作认真踏实，是一个值得信赖、负责任的人。

获得这样的机会，他短暂地兴奋之后，很快冷静下来。他所在的苗庄大队是全县有名的大村，农户就有六百多，分散在沟边河畔，用一双脚挨家挨户丈量，一天时间还不够，更别说电工要检查电力线路排除安全隐患，同时还要抄电表、收电费……这些琐碎的工作，他一项也不能出问题。一个小小的失误，都有可能酿成不可挽回的损失，容不得掉以轻心。

于是，一个沉沉的电工包、一架长长的竹梯，成了他工作生活的伴侣，一天跑下来，他腿都酸了，挎包的肩膀也被各种工具压得生疼。

迎着风、顶着雨，他就这样在村庄里匆匆地奔跑着，测电笔、老虎钳、螺丝刀等，一件件的工具在他的手里成为供电故障和安全隐患的克星，给村民送来光明，让电机不计疲劳地转动着，支撑起一个村庄热闹红火的生活。

只是，接触农村电网时间越长，他越感到自己电力知识浅薄，光凭在初中物理课堂上学到的一点点知识，过于肤浅和理论化，似有一种大树无深根的感觉。即使他不时地向有经验的老电工讨教，还是觉得有很多知识理解得不够全面、透彻，工作起来心里没把握。

他求知的欲望如同田野里久旱的禾苗，盼望着一场痛快淋漓的雨水的滋润。

机会来了！他多方打听，得知县水电局每年都组织电工培训，每期一个多月。听说培训要这么长时间，他一时还真下不了决心：家里有那么多农活，他要帮衬着；在生产队里挣一些工分，不然，单凭妻子一个人，即使起早摸黑拼死拼活，她瘦弱的肩膀也挑不起一家人生活的重担。想到这些，他犹豫了，一时不知道怎么向妻子开口。女人的心实在细腻。在一个晚上，体贴的妻子还是发现了他内心的挣扎和不安，妻子坚定地支持他，眼神里全是鼓励。他终于放下了心里的包袱，走进了电力培训课堂，如饥似渴地开始了专业化学习。

阔别课堂太久了，他特别珍惜这来之不易的机会，坐在课堂上，聚精会神地听讲、做笔记，晚上，在别人打牌打发时光，他静心温习功课，碰到不理解、不懂的问题，就去找负责上课的单老师请教。一点一点地积累，他的电工基础知识越来越扎实。每一分付出都会有回报，每一滴汗水都不会白流。在培训结业考试的时候，在几十名参加培训的同行中，他的成绩稳稳地排在了前三名。

170

一切理论知识都要和实践相结合，才能真正转化为一个人的知识和技能。县里组织人员架设高压电线时，他总是积极地参加，并积极运用学到的知识，结合实际，想方设法解决施工中遇到的问题。对他来说，所有的工作都是一次学习和实践的机会，要牢牢地把握住，丰富自己的经验、增长本领。他努力学习打样、立杆、拉线……掌握了这些基本技能，并很快能独当一面，成为业务骨干。

那年，岳父过 70 岁生日，他恰好在岳父所住村子的隔壁花垛村架设电线。30 多基电杆，由他一人负责。想到肩膀上承担着的安全重任，他跟妻子商量，立杆架线施工不能停，白天实在分不开身。妻子虽然嘴上没有说什么，但是心里还是有点不愉快，父亲能有几个这样的大寿辰，亲戚朋友都齐来祝贺，却独独少了他一个姑爷。他心存内疚地做妻子工作，希望获得谅解，并承诺晚上一定赶过去给岳父敬酒赔礼。

他的好学敬业，不仅提高了业务水平，同时还带动了身边同事。他小组负责的架线工作，在施工结束验收时全部都百分之百一次过关，小组成为整个工程所有施工队的模范。几十根电线杆一眼望去，一根不偏不歪，远远看上去就像插秧时拉的一根线；立在角铁横担的绝缘瓷柱把四根电线紧紧地拢住，松紧得当，弧垂保持在同一水平线上。可以说每一个细节都做得标准规范，体现出技艺精湛和一丝不苟的负责任精神。

1980 年，公社成立农电站，急需人手，并要从大队电工中选调一批人。这时，他自然进了首选名单。调进农电站，以后家里的忙真的是一点都帮不上了。这一次他也是盘算了好久，一个月工资24元，要养活一家，加上父母共七口人，他突然觉得肩上压力很大。父亲支持他说，荒年饿不死手艺人，你是农电工，到农电站也是做手艺。妻子又一次坚决地说："没事，我身体好，家里我多忙点。"家人的支持终于使他放了心。他暗地说，以后下班回家，尽量多做一点家务活，为妻子减轻一些负担。

家里、生产队里的活，一下子都压到了妻子的肩膀上。为增加家里收入，妻子养鸡又养猪，忙得就像旋转的陀螺，一刻也停不下来。出河工妻子冲在前面，他只能看着妻子弱小的身板，扛着扁担提着柳筐走向堆着粮草的水泥船，心中的歉疚像决堤的河水涌上来。他想去替妻子分担一点，但是走不开，全公社的群众的可靠供用电时刻需要他——农电站长是大队书记出身，不懂电力专业业务，他是先锋，是主力军，同时也是后备军，不能擂一下退堂鼓。

进农电站工作，在电力业务和技能方面可算又上了一个台阶。过了几年，他突然意识到一直引以为傲的业务技术原来也存在很多的不足，逆水行舟不进则退，光靠吃老本终究被淘汰。他不想倒退，也不想在业务技能水平上停滞不前。1989 年，他终于一咬牙，在少得可怜的工资里抠出一部分钱，报考了电力专业大专函授。经过三年的苦读和钻研，他终于完成电工学专业的系统学习，成为一名电网专业员工。

几年后，他接过了老站长的班。当时，站内站外条件都非常落后，站上办公是租的两间民房，工人的工资自筹自发、自负盈亏，经济拮据，人心不稳。而全乡用电情况更是"漏洞百出"，线路差、设备旧，经常发生线路、设备故障。每当回忆起那段经历，他仍心有余悸，那时电网任何地方都可能出故障，大家每一天的神经都绷得紧紧的，连睡觉都不踏实。

他没有坐以待毙、消极等待，一边带领着全站农电人员日夜奔波在全乡供用电生产第一线，一边规范和制定站里各项规章制度，言传身教地带出了一支素质高、责任心强的供电队伍。在上级部门支持下，他们全面改造和升级全乡用电线路和设备。经过十几年艰苦经营，不仅全乡安全用电方面没出大问题，各项管理工作也出类拔萃，屡屡获得上级电力部门表彰。在众人一起努力下，电站办公条件、经济情况也逐步改善，昔日破旧的农电站焕然一新，办公室搬进了坚固明亮的楼房。

他，就是我的老朋友，现在是一位退休的老电工——钱文学。这个春天，突然想念他，就驱车去乡下去看望。他头发有一些白了，但精神矍铄，十分健谈，尤其是说起当前电力行业的改革和技术革新，精神特别地振奋，好像他从没有离开过岗位。看着他挺得笔直的腰杆，我的目光落在田野上空托起电线的那一根根白色的瓷柱上，它们默默地承受着压力，一刻不休地保持着向上、向上的姿态。

幸福与牛

清晨熹微的光亮照进了窗子，沉睡在梦里牛叔好像听到窗外"哞哞"的叫声，愣了一会儿醒了，连忙翻了一个身，从床上坐起来，打一个哈欠，伸一个懒腰，揉一揉眼睛，披上衣裳，趿拉着拖鞋，摸索着从房间里走出来开门。

这是牛的叫声，牛叔很熟悉，天天听，耳朵都要起茧子了。因为就是牛叔饲养的牛，已经很多年了，他们睡过同一个牛棚，蹚过同一块水田，有着很深的感情，是战友，也是朋友。牛叔年轻的时候，在分田到户之前，就在村里养牛，喂牛吃草喝水，有时为给牛增加营养，还喂豆饼和鸡蛋；有时牛叔还拿着刷子给牛刷背，牛舒服了，会扬起犄角拿头蹭他，牛叔很享受这种相互依靠的感觉。分田到户时，牛叔说服家里，放弃许多其他生产工具，独独费尽心机把牛领回了家。

牛叔把牛喂养得壮硕无比，调教得百依百顺，不仅给自家耕田，还帮乡邻犁地。因为牛，牛叔成了村里的红人，每户人家都有用得着牛和牛叔的时候。因此牛叔很牛气，牛也很牛气，走在村里，牛叔踱着步子，牵着牛绳的双手背在身后，牛甩着尾巴慢悠悠地跟在后面，那气势一点不输村书记巡村时得意模样。无论是大人还是小孩，见着了、遇上了，大人们都会亲切地迎上去喊一声牛叔，小孩子会很熟络地上前摸摸牛头，在路边扯上一把嫩草伸到牛嘴边，牛伸出舌头卷进嘴里。牛叔一高兴就把小孩子抱上牛背，大人则拉上牛叔扯一会儿闲篇，递上一根烟套近乎。牛叔很受用这种被尊重的感觉，走的步伐越发沉稳方正了。

牛叔养牛用心，是个老把式，专门在屋子西墙边开辟了一块地，搭了牛棚，北一面是草垛，挡着寒冷的北风，南面和西面都是篱笆墙。东面的篱笆墙上开了一个大大的门，供牛进出。四根木头柱子撑起四个角，屋顶苫盖着一层稻草，遮风挡雨，冬暖夏凉。牛饿了，一时没有新鲜的嫩草，便吃草垛上的草，缓一下肚饥。不干活的时候，牛就住在牛棚里，打盹，晒太阳，牛叔把牛当作儿子，平时上码头去洗菜、提水，也能到牛棚，看到牛在反刍食物，就知道牛在养精蓄锐，听到牛打一声喷嚏，就知道牛生活得挺好。看到牛的这些状态，牛叔很安心。

牛叔知道村里哪个地方有肥美的草。在村子西头有一处水堤，水堤两边的斜坡上栽满了绿树，高大的树冠下面长着茂密的草，有紫花苜蓿、高羊茅、黑麦草等，这些都是牛喜欢吃的。牛叔喜欢看牛卷着长长的舌头吃草的样子，听草被牛卷进嘴巴时发出的摩擦声，仿佛是吞吐着土腥味的淮调。牛叔听着，就想放开喉咙，大声唱一段。牛叔也有烦恼，坡上的青草羊也喜欢，牛叔经常看到有羊群在坡上出没。羊过后，青草要等到雨后才能长起来，牛叔要抢在羊群前把牛喂饱。

牛叔撩起衣襟朝脸上扇了扇风，嘴里抱怨着这个夏天温度咋这么高。此时，大堤两边的坡上应该是长满了青草，都是牛喜欢吃的。牛叔似乎闻到了青草的香味。经过一个春天，牛也累得不轻，正是增膘的时候。牛叔低着头，三步并着两步，急匆匆地就往牛棚跑。跑到牛棚，他脚步突然顿住了。出现在牛叔眼前的不是牛棚，而是一间大瓦房。牛叔这才想起，牛棚在几年前就被儿子拆了，改建成现在的宽门大户的瓦房。

牛叔拍了拍额头，自嘲地说："忘了，忘了，又忘了！"他这才灵醒起来，刚才听到的牛叫声，不是耳朵出了问题，是因为想牛了。养了一辈子牛，牛给了牛叔太多的荣耀，他在村里成了先富起来的一批人，从草房子搬进了瓦房。先尝到了肉香，先骑上了自行车，用了缝纫机……牛的功劳，牛叔怎么会轻易忘掉呢？还有那一段为美好生活拼搏的岁月，牛叔不会忘掉，也不能忘掉，他是个知道感恩的人。

现在，农业实现了机械化耕作，牛失去了用武之地，牛叔也老了，腿脚不便，也养不动牛了。只是牛叔还是时不时地想起牛，会在早晨醒来的时候，习惯性地往牛棚走去……牛叔感叹了一声，刚想转身折返回，就被路人喊住了：老牛叔，老牛叔。牛叔啥时成了老牛叔了，牛叔自己也记不清了，大概有好几年了吧！对于这个称呼，牛叔起初听着有些别扭，慢慢也就习惯了。不过，牛叔觉得"牛叔"这个称呼让给儿子似乎更合适。不知道有没有人这样称呼儿子。

想到这里，牛叔突然回过神来，拍着额头，有些懊恼地说，这下真的要坏事了，连忙去开"牛棚"的门。"牛棚"已经不是原来的牛棚了，而是儿子改建的瓦房，只是牛叔还习惯叫"牛棚"。现在在"牛棚"里，虽然没有牛叔的牛，住着另外一头"牛"是铁牛，是儿子几年前开回来的。儿子驾着铁牛，农忙时耕田犁地、收割稻子等，农闲时就到公路上耙地或帮人家拉货，铁牛是个挣钱的好帮手。几年下来，儿子也在城里买了房。

牛叔有些心疼，儿子这几天特别忙，昨晚驾着铁牛大半夜才回来，囫囵吃了口饭，洗洗就睡了，叮嘱父母帮忙给铁牛加一下水。儿子也算是子承父业，牛叔愿意给儿子帮忙，无论怎么说，铁牛也是牛。

"牛棚"的门打开了，铁牛威武地站着，很安静。牛叔细细地瞅着，觉得很有意思，铁牛真是能干，屁股后面拖个铁犁就能耕田，拖个铁锹就能挖沟，拖个铁耙就能翻地……比他养的牛本领大多了。牛叔觉得还是儿子能干，脑子灵活，会挣钱。他依靠着养牛，干了几乎一辈子，才在村里砌个大瓦房；儿子开着这铁牛，只用几年时间，就在城里买了楼房……

牛叔感叹一声，提着铁桶到河边提水，把铁牛的水箱加满，又检查了油箱，拎着油桶加满油。最后，牛叔拿着扫帚把铁牛前前后后上上下下掸了一遍，拿着抹布在座位擦了又擦。看着干净了，就自己坐上去，挥着手喊两声"驾、驾"，这样也是蛮牛气的。然后，牛叔又从驾驶座下来，搬张凳子坐下来，对着铁牛说会儿话，好像面前站着那头他养了很多年的牛，他回到了年轻时候，浑身有使不完劲，这才满意地直起了腰。

牛叔走到铁牛的轮胎前，抬手用力拍了拍，算是打了声招呼，心里想象着铁牛长出犄角，正扬起头亲热地蹭他。牛叔突然觉得儿子才是真的牛，别人叫了自己这么多年的荣誉称号"牛叔"，该让给儿子了，这么牛的儿子是自己生的，自己当之无愧是"老牛叔"了！

太阳跃过地平线后就加快了脚步，翻上邻居的屋顶，斜斜地照下来，匆匆地爬进了牛棚，铁牛好像醒了，在阳光下熠熠闪光。牛叔放开嗓子，唱起了淮调，用自己的方式喊儿子起床，天已经亮了，应该吃早饭，驾着铁牛出去干活了，幸福的日子是靠勤劳换来的，牛叔乐滋滋地想。

冬天不冷

连续阴了几天，终于放晴了，趁着气温升高了一些，一个人到广场上散步。但是毕竟是冬日，风吹在脸上还是微微有点冰冷。天气预报里说，今天最低温度为零下 5 摄氏度，我不禁把衣服往紧里裹了裹。

广场上散步的人并不多，三三两两的，显得有些冷清。广场边的几棵常绿树也似乎受不了这严寒，蜷缩着枝叶，了无生气。我绕着广场走了几圈，兴味索然。折转身往回走，一个漂亮小女孩的身影，蓦然闯入我的眼帘。她伏低身体，微微向前倾，双手背在身后，在广场光滑的水泥地面上快速滑行着，飘着的花裙子向后飞扬，像蝴蝶的翅膀优美地扇动着。

我的心一动，一句古诗脱口而出："儿童急走追黄蝶，飞入菜花无处寻。"我为自己的想法感到奇怪，这样冷的冬天念起一首描写春天景象的诗。不过，我很快释然了，因为这一刻，我似乎听到了小女孩飞扬的裙摆与空气猎猎的摩擦声，嗅到了空气中有花朵的芳香弥漫着。阳光的暖流在身体里澎湃涌动着，春天正在心中慢慢到来。

追着小女孩疾速滑行的身影，我的目光活跃起来，跨过草丛，越过花坛，穿过广场上活动的人群，紧紧地随着小女孩飞扬的裙裾——她身上有阳光和火样的热情，让人感到冬天不再死寂寒冷。到了知天命的年纪，我无论是身体还是精神上已经没有了小女孩的朝气和活力。但我并不拒绝尝试改变和寻求新鲜事物，仍然愿意学习小女孩的拼劲和挑战自我的勇气。

小女孩很小，大约六七岁的样子，头上戴着流线型的蓝色安全帽，脚上踏着彩色的轮滑鞋——在广场上，她像是天使，是精灵……小城的广场上只有不起眼的花木、一尊矮小的雕塑，一个没有喷泉的水池，实在是再普通不过了。然而，小女孩的出现，为广场凭空增添了生气，这里变得有趣生动得多了。

我可不愿意错过小女孩优美的滑行身影，移步到离小女孩不远的地方。这儿视野开阔无遮无碍，更适合观看她玩滑轮。走得近了，我才发现小女孩玩轮滑的技术并不娴熟，她还在初步练习。在旁边的花坛边，一个穿着运动服的年轻男子，正挺着身子挥着手大声地指点着，看样子是滑轮教练。小女孩听到教练的指导，可能是心里紧张，滑得跌跌撞撞，但是她坚持勇敢滑向前方。

我注意到，小女孩常常滑离了规定的跑道，一会儿冲向广场边上的一棵树，仿佛是要和树做老鹰抓小鸡的游戏。眼看要被树捉着了，小女孩迅速伸出手，在树身猛一推，又很快逃脱了，向相反的方向滑去；小女孩一会儿扑向广场边上的一丛灌木，仿佛是一只要栖落在灌木上的小兽，枝叶一摇，小女孩受了惊吓一般，又折转了

冬天不冷

身子……

不大工夫，小女孩脸上渗出了汗珠，在阳光下闪烁着晶晶的亮光。小女孩滑得越来越快，一点没有停下来的意思。大概是汗珠淌到了眼睛里，小女孩时不时用手揉一下，顾此失彼，脚下不争气地趔趄了一下，滑行姿势失去了控制。小女孩的手挥舞着想调整过来，身子却不由自主地向后摔了下去……

那位教练连忙冲过去，想扶住她，但为时已晚，小女孩还是"哎哟"一声一屁股坐在了地上。我似乎听见了瓷器碎裂的声响，这么可爱的小女孩怎么经得起这么摔一下，心跟着像被针扎了一下。年轻男子蹲下身子，搂住小女孩低头说着什么，似乎在安慰，又像在鼓励。小女孩没有哭，很快自己扶着地面站了起来，继续滑行。

真是一个坚强的小女孩，换作是我，说不定会坐在地上唉声叹气、怪天怨地一番。"快看啊！"小女孩突然指着地面大声叫了起来："好多蚂蚁在赛跑……"年轻男子刚要低头看地面，小女孩却脚下一用力，"咯、咯"笑着飞一般滑远了，留下年轻男子苦笑着，一脸无奈地摇了摇头。

我也笑了起来，追着小女孩远去的身影跑了起来，觉得风吹在脸上柔软了许多。想起昨晚天气预报的播音员一本正经地强调寒潮来袭的面孔，觉得真的很有趣，天气哪有这么冷？他也许搞错了——有这样活泼可爱的小女孩，冬天一定不冷。

后记

继《心灵清欢》后，我的第二本散文集《十字路口的歌声》与诸位见面了。

写作，是内心的独白和私语，是一项很个性化的事业。每一位作家的成长，大多有着不一样的路径。而我的写作，可能更接近无意识，纯粹是个人生活的纪录和亲历所为。我的第一本书《心灵清欢》，打开每一篇文章，就可以发现我的人生轨迹，写得随心、随性。

写的文章多了，引起朋友们的关注，就会有人关心何时出本书等话题，听得多了，我就动了出书的心思。于是，就把这些文章收集整理出来，编辑成了一本书。书捧在手里，感觉沉甸甸的，轻轻闻着那油墨香，觉得自己不再是普通的文学爱好者，而是一位真正的作家了，不禁有些沾沾自喜。

书出版以后，自然要向领导和朋友汇报，感谢他们一直以来的关心和鼓励，当然也是抱有一种显摆的小心思。我把书送出去，得到很多的赞美和表扬。在我的朋友中，也有一些很优秀的作家，他们读过我的书后，指出优点，也提出一些不足。比如：题材的角度不够新颖，文字有口语化倾向等等，看起来还是比较尖锐的。

人都喜欢听表扬的话，我也不例外，对于批评都会产生抵触情绪。但是，我相信朋友们的真诚。虽然初听起来，有些不太舒服，感到有些不自在，但是内心里，我还是接受了他们的看法和建议。一个人独处的时候，我捧起自己的书，认真阅读和回味，发现我的文章中真的存在这样或那样的问题，这些影响了我文学水平的提高。

这么多年来我写的多，却从没有认真审视过自己的作品，总是自以为那些文章能发表，也上过许多大报要刊，发表出来的就是好文章。都说"当局者迷，旁观者清"，朋友的话适时地点醒了我这个梦中之人，让我能够站在客观的角度，冷静地审视自己，清醒地发现自身存在的不足，在很多地方努力提高和加强。

著名作家威廉·福克纳说："阅读，阅读，阅读，什么书都读——垃圾的，经典的，好的，坏的，看看它们是怎么写出来的。就像一个跟木匠师傅学艺的学徒一样去学习。阅读！你就会明白其中的道理。"纳博科夫说："你必须饱读诗歌才能创作出散文来。"大师们的话启迪了我，唯有不断学习、思考、实践，才能提高自己的写作能力和水平。

说实话，对于写作，准确地说，写出佳作，我是"先天不足"。因为突如其来的一次变故，我与大学失之交臂。因为没有上过大学，没有经过正规系统的文学教育和培养，仅靠自己在中学学来的一点文字基础、工作后的自学，以及兴趣喜好，要想写出高质量的文学作品，显然是费劲的。而写作水平的提高，又是由内而外体现一个人的综合素养的。那么，我要做的，就是先加强自己的文化修养，提高自身的文化底蕴。

在第一本散文集出版后，我并没有急于动笔，而是制定了一个学习计划，从一些古典文学开始，继而再读一些名家名著，不断学习积累。"熟读唐诗三百首，不会作诗也会吟。"中国古诗词的文字是最凝练的，有丰富的内涵和强大的外延力，对提高我的文字表达能力和想象能力，非常有帮助。

经过一番思考和甄别，包括听取朋友的建议，我买了《诗经》《李白诗选》《杜甫诗选》等，放在床头、书房，一有空闲便取来阅读，带着虔诚的心去诵读，不断提高语言文字的感觉，汲取古典文化的营养，增强自己对文字的驾驭能力和欣赏美的能力，以期达到熟练、自然地转化为自己的语言，从容地运用到文学写作中去。

"他山之石，可以攻玉。"这句成语我非常喜欢，也深以为然，我也是这样践行的。虽然我主要写作散文，但是我还会专心阅读小说，比如江苏省作协的杂志《钟山》，几乎每一期我都认真去读，希望从小说中寻找到讲故事的方法，以及设计故事情节的技巧等等。我也会认真阅读诗刊《扬子江》，希望找到文字的节奏感和画面感。当然，由于时间、精力等原因，我并不能够完全读懂学透，但是能从中得之一二，已经很知足了，谁让自己"先天不足"还想成为一个作家呢？

这几年，我发现一个现象，报刊上的很多千字短文写得很优美，但是深度不够。如果按照这样的框架写下去，却无法写成大篇、长篇，主要原因是少了故事的支撑。我觉得一篇好的散文，故事就像是一棵树的树干，而那些优美的文字就是绿叶，少了树干，树是长不高的，再美丽，也不过是一棵小树苗；一棵树少了叶子，无论从何种角度看都不会美，再高大，也不过是行将枯朽的树木。若是两者能够结合起来，那样的文章就是一棵参天耸立、枝繁叶茂引人注目的大树。

184

当然，短文章有短的特点，长文章也有长的妙处，优与劣，不能一概而论，我也不想与其纠缠。只不过，将文章写得参天耸立、枝繁叶茂，是我现在追求的目标，也是我为自己设立的一个标准。这本书的出版，算是我写作路上一个阶段性总结，希望能够得到满意的收获，更望各位文友不吝赐教，助我不断提升写作水平。

对于这本书的出版，我要感谢众多文友的指点和帮助，尤其要感谢原中国电力作家协会副秘书长、《脊梁》杂志副总编辑刘克兴先生的指点和关心，感谢中国电力作家协会副秘书长、《国家电网报》《脊梁》杂志编辑周玉娴女士的鼓励和指导，感谢中国作家协会一级作家、中国著名散文家吴光辉教授又一次给新书作了序，感谢我的同学、盐城方言专家姜茂友先生热情洋溢的鼓励，感谢编辑老师帮我精心校对。还有很多值得我永远铭记的亲友，一并致上最诚挚的感谢！

学习无止境，写作永不休。业精于勤，荒于嬉；行成于思，毁于随。

山高水长，一路同行。就此停笔，后会有期。

2022 年 6 月